L'AMI DE JEUNESSE

Antoine Sénanque, né en 1959, est écrivain et médecin. Il a obtenu pour *L'Ami de jeunesse* le prix Découverte du *Figaro Magazine* en 2008.

Paru dans Le Livre de Poche :

La Grande Garde

ANTOINE SÉNANQUE

L'Ami de jeunesse

ROMAN

GRASSET

ISBN : 978-2-253-12768-0 – 1re publication LGF

À Quilina, ma moitié, à Pierre et Clara.
Mon grand amour.

CHAPITRE I

Décision

Je n'ai pas obtenu souvent la moyenne en caractère.

En décision, jamais.

J'ai été admis dans la classe inférieure au terme de la plupart de mes examens de vie. Sans les avoir ratés. Sans les avoir passés.

J'ai grandi en rédigeant des mots d'absence.

Je ne me décourage pas. Je compte sur un accident fatal pour ma passivité, une maladie généreuse qui achèverait les faiblesses de mon cœur sans l'arrêter.

Mes livrets scolaires sont formels, mon travail a toujours laissé à désirer.

Ma vie aussi.

Quelle que soit la manière de corriger ma copie d'homme, avec sévérité, avec indulgence, j'obtiens la même appréciation.

Je laisse à désirer.

Je traverse une période difficile.

Je suis psychiatre, je n'arrive plus à écouter mes malades, je vis depuis vingt-cinq ans avec une femme obsessionnelle qui s'aggrave, j'ai deux enfants de dix ans, des jumeaux que je confonds et c'est mon anniversaire.

— Qu'est-ce que t'as ?

— Quarante-huit ans.

— Y a pas de quoi faire la gueule.

— Si.

Félix ne fait jamais la gueule. Jamais. Son humeur est bonne. Désespérément. Il est venu au monde avec un sourire imprimé, comme une tache de naissance. C'est mon meilleur ami, et je ne lui veux aucun mal. Mais j'avoue qu'une baisse de forme passagère n'altérerait pas nos rapports. Sans lui souhaiter une dépression majeure, un petit accès mélancolique de temps à autre serait vivifiant pour notre désormais très vieille amitié.

Je m'appelle Antoine Saint-Bernard, nom qui ne m'a pas toujours rendu service. Je suis donc psychiatre, à Paris. J'ai un cabinet dans le VIe arrondissement, une clientèle fidèle, une secrétaire choisie par mon épouse, une vie enviable. Par qui ?

— Elle est bien ta vie.

J'ai un ami, aussi, Félix. Un garçon qui trouve toujours les mots qui ne me servent à rien.

Je déjeune avec lui, le vendredi, dans son restaurant rue d'Alésia.

J'ai des amis fidèles, des amis cultivés, des amis de travail, des amis de vacances, Félix est mon ami tout court. Sans épithète.

— Je veux devenir professeur.

— Professeur de quoi ?

— D'histoire.

J'ai toujours aimé l'histoire.

J'ai rêvé d'être professeur très tôt, ça ne m'a jamais quitté, sauf pendant la période où j'aurais pu vraiment le devenir. Mauvaises influences sur lesquelles je reviendrai plus tard.

En bref, j'ai décidé de m'écouter après de longues années de surdité intime. Je veux enseigner. Pour les petites classes, celles qui demandent peu de diplômes et qui acceptent les débutants de mon âge.

— Mais tu vas pas gagner un rond.

— J'étais sûr que tu dirais ça.

J'ai donc décidé de changer de vie. Je n'ai pas encore officialisé la chose, auprès de mon épouse et de mon banquier. Mais la décision est prise.

J'ai passé vingt ans en médecine. C'est trop.

On m'a rapporté que les condamnés à une longue peine qui sortent de prison ont envie de vomir, à cause du nouvel espace. C'est exactement la sensation que j'éprouve. Une nausée permanente. Depuis plusieurs mois.

J'ai consulté des confrères, j'ai subi une fibroscopie et d'autres explorations humiliantes réalisées par des spécialistes probablement pervers. Je n'ai rien. Rien qu'une nausée « sine materiae », m'a dit le gastro-entérologue.

Le latin ne change rien à l'affaire. C'est ma vie que je ne digère plus.

— On n'a qu'à sortir.

C'est la solution de Félix, la sortie. À tous les problèmes existentiels. On commence par des bars, on finit par des bars, on rentre accompagné et on se réveille encore plus nauséeux que la veille.

Je le connais depuis plus de trente ans. Il n'a jamais eu que ce seul conseil à donner. Sortir. Pour lui, c'est dehors que les problèmes intérieurs se règlent. Par aspiration sans doute. Du plein vers le vide. La sortie de Félix promet d'être une sortie de soi-même, elle est en réalité une rentrée dans ses propres sous-sols dont l'exploration n'oxygène que très partiellement le cœur asphyxié.

Je l'ai rencontré à l'école, en seconde. Il a été mon voisin avant d'être mon ami. Un remarquable copiste. Un genre de moine qui, jusqu'à notre baccalauréat, a retranscrit chacune de mes feuilles d'examen avec une rigueur de bénédictin.

Félix a toujours triché et menti.

Il a ce talent de ne jamais dire la vérité. Une sorte d'allergie au vrai, aussi puissante que celle, très médicale celle-là, qu'il présente au poil de chien, avec œdème de Quincke à la clé.

L'œdème à la vérité est possible. C'est une complication intime qui fait gonfler parfois irréversiblement. On observe des arrêts cardiaques au vrai, des embolies à la révélation, il faut se méfier énormément. Félix ne prend aucun risque. Mithridatisé, il ment à peu près en permanence. Sur l'essentiel comme sur l'anodin. En réflexe. Il ment comme on tousse.

On ne peut donc absolument pas compter sur lui.

Raison pour laquelle je l'ai choisi comme le meilleur de mes amis.

On lie l'amitié à la confiance. On aime celui « sur qui on peut compter quand... ». On confond ami et secouriste. Je suis entouré par une majorité d'êtres humains qui me secourraient en cas de naufrage et qui n'ont aucune place dans ma vie de prénaufragé. Si je vois un inconnu tomber dans la rue, je l'aide à se relever. Mes malades, je les soigne. Les amis sur qui je peux compter m'encombrent, comme des bouées sur le pont d'un bateau par beau temps, comme des canots de sauvetage sur un lac.

Félix n'a pas d'utilité.

Autre qualité objective que je ne peux pas lui retirer : le tartare.

Le meilleur de Paris, moelleux, avec un jaune d'œuf à l'intérieur qui fond sous la fourchette. Menu du vendredi.

— Et tu vas les faire où tes études ?

— À la Sorbonne.

— Tout seul ?

— Non, avec toi.

Voilà mon idée, je refais ma vie et celle de Félix.

La restauration est un métier épuisant et déconseillé médicalement. Coucher très tard, lever très tôt, travail sans heures. On partage les verres de l'arrivée, du départ, du retour, on s'alcoolise par altruisme. Les clients vous servent leurs histoires en plats réchauffés de faits divers, de drames, d'aventures minuscules. L'hygiène spirituelle est négligée.

Il faut s'inquiéter du chiffre, des contrôles, du lendemain, boire pour oublier le lendemain.

La vie de Félix ne me convient pas.

— Mais je vais très bien, moi.

— Non.

Sa femme s'appelle Luce-Ismène. Elle porte fièrement son prénom, preuve revendiquée des gouttes de sang bleu qui circulent dans le grand corps de sa famille ancienne, plusieurs fois exsanguiné. Nous l'appelons Lucienne. Pour simplifier.

Elle a comme qualité essentielle un sens de l'économie hypertrophié et comme défaut principal un sens de l'économie hypertrophié.

Elle chasse impitoyablement du restaurant les amis bénéficiaires des soins gratuits de son mari et vérifie toujours personnellement le bon règlement de mes notes de déjeuner.

Malgré une certaine prévenance à son encontre, je dois reconnaître qu'elle fut, un temps, d'une séduction extrême. Nous l'avons rencontrée ensemble à l'école, à dix-sept ans. Elle était blonde, mince, délicate, avec des formes provocantes qui nous provoquaient. Elle ressemblait à Brigitte Bardot. Elle a vieilli comme elle.

Les désirs des anciens élèves tournaient autour d'elle comme des satellites nerveux qui ont fini par croiser leurs ellipses. Et abandonner l'espace de sa quarantaine. Lucienne n'a pas bien voyagé dans le temps. Sa beauté l'a quittée, en souvenirs, dans des mémoires qui ne veulent pas les rendre. L'âge n'a pas été accepté donc se venge. Une prise de poids sévère le seconde dans sa volonté de nuire. Elle se recouvre de robes larges aux couleurs chatoyantes et de bijoux qui scintillent aux extrémités pour détourner les regards. Elle ressemble à une sultane.

Son avarice s'aggrave. Elle hante les sous-sols du restaurant pour recompter les bouteilles et les fromages, poursuit le personnel de ses soupçons quotidiens et surveille la vie de Félix comme une sentinelle jamais relevée.

Je l'aime pourtant bien, Lucienne.

Elle a le sentiment que mon influence sur son mari volage pourrait être bénéfique, ce qui est une erreur d'appréciation, car je cultive chez lui tout ce qu'elle essaie de défricher.

À mon contact, ses défauts s'épanouissent. Plus menteur, plus coureur, plus irresponsable. J'arrose ses tares comme un jardinier, pour les faire fleurir.

— J'ai trop de travail au restaurant.

— Lucienne te remplacera. On a six heures de cours par semaine, dans l'après-midi.

— Arrête de l'appeler Lucienne.

Ouverture des inscriptions universitaires, 3 septembre. Lundi. Jour de fermeture du restaurant. Félix est donc libre.

— Ça tombe mal, j'ai une dégustation.

L'excuse habituelle pour le médecin qui veut échapper à un rendez-vous, l'urgence ; pour le restaurateur, la dégustation. Félix peut mieux faire.

— Je viens te chercher lundi à 8 heures. Il faut être les premiers.

— Et ma dégustation ?

— Emmène-la avec nous.

On pourrait se demander pourquoi je tiens absolument à la présence de mon ami dans ce projet qui ne regarde que moi. La réponse est que je me sens tout simplement incapable d'affronter les conséquences pratiques de mes choix, l'intendance de mes décisions.

Les inscriptions, les emplois du temps, les dates d'examens.

Félix a toujours les solutions du quotidien. Je me perds partout, il trouve. Je n'organise un voyage qu'avec l'appui d'un ou deux conseillers familiaux et d'une technique de relaxation respiratoire, un coup de fil lui suffit entre deux conversations sur le zinc.

J'ai donc besoin de lui, ce que je ne lui dis pas.

J'explique que c'est par générosité que je consens à l'emmener dans ce périple au bout de la pensée car j'ai à cœur de sauver les dernières connexions neuronales qui restent éveillées dans son cerveau léthargisé.

— J'ai aucune mémoire.

— Je t'aiderai. Tu auras ta licence.

Défaut de Félix que j'utilise depuis toujours : la vanité.

— Tu seras le seul restaurateur de Paris à avoir une licence d'histoire.

— Et alors ?

— Réfléchis-y.

Il y réfléchit. Je peux suivre les différents paramètres qui défilent. Au choix : le titre, le partage d'une activité avec moi, les plages de temps protégées à l'abri des murs de la faculté, les rencontres potentielles. Je précise que Félix est toujours très motivé par les rencontres potentielles. Pas encore revenu des tristesses de la chair, il reste frétillant à la pensée d'une conquête hormonalement cotée. Philosophiquement, il favorise souvent l'aspect quantitatif aux dépens du qualitatif, synonyme d'improbabilité. Il voit la Sorbonne comme un vivier de jeunes filles inscrites pour l'étude supérieure de sa personne. Espérance que je ne démens pas.

— Lundi, 8 heures.

— Impossible.

Je quitte Félix, donne mon chèque à Lucienne, en poste sur le pas de la porte.

— N'oublie pas, 8 heures.

Il m'accompagne dans la rue, jusqu'à mon scooter.

— Rien d'autre ?

— Si. Il est toujours aussi dégueulasse, ton tartare.

Chapitre II

Les cerveaux lents

Ma vie quotidienne n'est pas exactement en accord avec ma vie spirituelle.

Je pense que cette observation pourrait s'appliquer à la majorité des hommes et des femmes de mon âge.

Chez moi, le désaccord creuse un espace à grande ambition de vide qui s'élargit tous les matins. La perspective de le réduire par une conversation vérité, ce soir, avec ma femme, me renvoie à une solution préparatoire que j'utilise fréquemment en prévention de tout affrontement, du plus sévère au plus bénin : le mélange Lexomil-vodka.

Je ne le recommande pas à mes patients, mais à mes amis sans hésiter.

Les moins proches pourront se contenter d'un des deux constituants du mélange, les intimes de l'association brute.

J'ai une heure avant le retour de mon épouse. Je suis seul dans cet appartement qu'on nous envie et que j'ai toujours détesté. Ve arrondissement près du Panthéon, dans l'ombre des grands hommes. Au sens propre, car l'ombre du dôme nous recouvre presque éternellement au cours de l'année. Les fenêtres s'ouvrent sur une grande masse grise, été comme hiver, rien au-dessus, rien à côté. Elle colle au regard, pleine des corps décomposés d'hommes qui ont été grands partout sauf là précisément, dans leur tombeau prétentieux. La patrie leur est reconnaissante, moi non. Ils me cachent le ciel.

Ma femme donne son cours de hittite. C'est une spécialiste des langues anciennes. Nous parlons donc avec difficulté. Je ne veux pas dire que sa formation de linguiste joue un rôle dans nos troubles de communication, mais le fait est que nous communiquons très mal, en langue simple et vivante. Le français moderne, par exemple, ne s'adapte pas à nos conversations quotidiennes. « Quotidiennes » est un grand mot, car en réalité nos échanges ne se verbalisent avec clarté qu'une seule fois par semaine. Le samedi en fin de matinée, à l'heure où ma femme me propose d'accélérer ma préparation en vue du déjeuner hebdomadaire chez ma belle-mère.

Il y a un certain nombre de clichés dans ma vie, que j'assume. La belle-mère antipathique, par exemple. Mais je ne veux pas développer mes venimeuses gestations, ces grossesses intimes de méchancetés qui croissent sans naître et finissent par s'infecter. D'autant que l'effet du Lexomil alcoolisé commence à distiller une grande sérénité dont ma belle-mère bénéficie. Disons pour conclure que je lui trouve un certain nombre de points communs avec le Panthéon, ce joyau de l'architecture parisienne dont j'ai précisé l'utilité dans ma vie.

— Bonsoir chéri.

Je me demande si une conversation en hittite ne permettrait pas une délivrance plus subtile de mon message. Je passe la mise en route, les nouvelles de l'activité du jour, l'état de notre santé qui a priori n'a pas varié depuis ce matin et le menu prévu au dîner.

— Élisabeth...

Je ne peux pas prononcer ces quatre syllabes sans me dire que le prénom des femmes devrait être choisi par leur mari. Qu'elles gardent le nom qu'elles veulent, qui ne croise finalement que très rarement notre quotidien, mais le prénom de baptême devrait être renégocié, avant tout projet matrimonial.

L'injection du langage dans la veine de ma pensée l'altère. Les mots ont une action déseuphorisante.

J'explique avec souffrance que je projette sur un délai de deux à trois ans une reconversion professionnelle, avec probablement une baisse de revenu substantielle.

J'ai l'impression de passer un oral d'économie politique. Je ne parviens jamais à parler simplement à Élisabeth, quel que soit le degré de mon alcoolémie.

— Tu as bu, non ?

— Absolument pas.

— Pourquoi ne prends-tu pas un remplaçant ? Tu travailles à mi-temps et tu fais ce que tu veux à côté.

Voilà Élisabeth. Je n'ai pas une femme, j'ai une conseillère en vie intime, qui m'aide à réussir mes placements existentiels. Au meilleur taux.

Je ne peux pas lui parler d'une préoccupation spirituelle sans avoir une réponse de matière, en traduction comptable. Mes problèmes métaphysiques se règlent par un aménagement d'horaire, la proposition d'une nouvelle organisation de mon secrétariat ou un conseil fiscal.

— Je ne veux pas travailler à mi-temps. Je veux changer de travail à plein temps.

— Si c'est ton désir profond…

Mon désir profond. Il faut donc sonder la profondeur de mon désir et le problème sera réglé. Après avoir chiffré mes doutes, ma femme me tend un centimètre pour mesurer mes espérances.

Elle range, en attendant.

Le rangement est le traitement anxiolytique d'Élisabeth. Sans autre effet secondaire que mon exaspération. Car l'ordre qui règne dans notre appartement est écrasant. Rien ne dépasse de nulle part. Plus l'angoisse de ma moitié est grande, plus la symétrie de mon espace est stricte.

En regardant ma bibliothèque aux livres minéraux traçant des lignes de marbre, je rêve d'une lecture à coups de masse qui volatiliserait nos étagères.

Elle parle sans me regarder. Elle aligne des cadres sur la table qui formaient déjà la perpendiculaire parfaite d'un échafaud.

— Et qu'est-ce que tu comptes faire ?

— Je ne sais pas encore.

La suite reste floue dans mon esprit. Je n'ai pas eu le sentiment de refuser un dialogue qui s'essoufflait avant d'être véritablement lancé, mais la vérité est que je me suis assez brutalement endormi sur mon fauteuil d'accusé. Élisabeth en a profité pour m'installer de la manière la plus confortable possible entre deux parallèles de coussins.

Dans un demi-sommeil, j'essaie de trouver des courbes dans la pièce pour accueillir mes inquiétudes.

J'ai besoin d'être rassuré. De manière rassurante. Je me comprends.

Je trouve le langage réconfortant inaudible. D'ailleurs, les paroles de consolation comme les conseils sont des mécanismes névrotiques frustes dont le but est de récompenser le donneur, aux dépens du receveur qui n'en tire pas le moindre bénéfice. Le désespéré remonte le moral de l'optimiste. La consolation est un acte de vampirisation. J'en parle en connaissance de cause, car étant psychiatre, je soigne fréquemment mes chutes d'humeur au contact des mélancoliques les plus sévères, qui sont de loin mes patients préférés.

J'hésite. Mon frère est disponible. Trop. Il est au chômage depuis quatorze ans et justifie son inactivité professionnelle, précisément par cette disponibilité dont personne n'use excessivement. À force de me proposer continuellement son aide, j'ai développé une sorte de réaction pavlovienne qui me pousse à composer son numéro lorsque le mot « conseil » se forme dans mon esprit. Je compose en regrettant.

Bonne surprise, le numéro n'est plus attribué, ce qui signifie que le téléphone lui a été coupé et qu'une demande d'aide financière urgente me parviendra par le courrier de demain matin.

J'entretiens mon frère depuis environ quatorze ans, en cachette de ma femme, qui partage avec Luce-Ismène un sixième sens de l'économie. Je lui verse mensuellement une somme confortable, avec une âme paisible.

J'aime beaucoup mon frère. Il m'a précisé qu'il n'acceptait mon aide qu'à titre provisoire et qu'en échange, il mettait à ma disposition son oreille attentive et ses paroles encourageantes.

Je sais parfaitement ce qu'il me dirait dans cette situation : ne rien précipiter, laisser le temps au temps, attendre que le plat refroidisse avant de le manger, que le fer soit moins chaud avant de le battre et toute une collection de métaphores utiles et nécessaires qui vous secourent énormément au fond des crises.

Il me faut un ami. Félix s'impose.

J'ai pourtant d'autres relations très fortes autour de moi. Des amis d'enfance, de faculté, que je vois souvent et qui sont chers à mon cœur, mais je les soupçonne d'être des consolateurs, donc des inutiles. Félix m'a prouvé, à plusieurs reprises et de la manière la plus ferme, qu'il n'appartenait pas à ce parti de la douceur et de la générosité.

Exemple. Un jour, je prends un risque incontrôlé, lors d'une soirée trimestrielle que nous organisons avec mon éternel compagnon, ces soirées paradoxalement dénommées « entre hommes » et dont le but essentiel est précisément d'être « entre femmes ». Ces soirées d'amitié sont acceptées par nos épouses qui, je pense, gardent cette vision de bonne et saine camaraderie qui métamorphose les beuveries des quarantenaires angoissés en veillées de scouts. Bref, une fille rencontrée le soir, par hasard, et disparue le matin, par chance. Voire. Je me réveille, je m'inquiète. À vrai dire, je ne me souviens pas de tous les détails avec précision. Mémoire de bois.

Je m'informe.

— Je l'ai rencontrée où ?

— C'était la dernière, dans le bar.

— Tu te souviens de son prénom ?

— Entre Lola et Stéphanie.

— Merci, tu m'aides beaucoup.

Une autre caractéristique de ma personnalité qui n'a pas ma préférence est une forte tendance paranoïaque au contact des infections, particulièrement les transmissibles.

Je développe donc dans l'instant une terrifiante angoisse de contamination qui me tétanise. Je m'en ouvre à mon compagnon, qui après une réflexion prolongée me rassure d'un synthétique :

— Tu sais, on vit maintenant très longtemps avec le sida.

J'avais évité de peu « Il faut bien mourir de quelque chose ».

Pourtant, durant les trois mois d'attente de la sérologie libératrice, sa sérénité face à ma condamnation sans appel fut pour moi d'un plus grand secours que le regard compatissant et rassureur des « Mais non, tu ne l'auras pas… ».

Félix considérait l'hypothèse de la maladie comme presque certaine et me le faisait savoir à chacune de nos rencontres, que je n'espaçais pas.

Sa clarté me faisait du bien. Il y avait du silence derrière les mots des autres, plein de superstitions, de menaces, de craintes.

Là, je trouvais de la transparence, une manière d'assumer simplement un risque et de le rendre par simplicité, moins effrayant.

Il faut préciser que Félix a aussi l'avantage de ne pas être bouleversé par ce genre de péripéties. En réalité, je n'ai jamais su ce qui pouvait être grave pour lui. Sûrement pas la maladie, ni la mort, ni rien de ce qui inquiète un être humain normalement constitué. Il a des angoisses du quotidien, jamais d'angoisse existentielle. C'est le contact charnel qui fait la réalité du monde aux yeux de mon camarade d'études. Un saint Thomas, mais athée, que Jésus aurait eu du mal à convaincre, qui aurait exploré ses blessures, en spécialiste de la fraude, sans conclure à la résurrection.

Retour sur notre rencontre.

Fin de troisième, nous sommes tous les deux renvoyés de l'un des ultimes collèges où nos parents ont placé leurs ultimes espoirs.

Le lycée sera la pension. Saint-Martin-des-Champs, à trente kilomètres de Paris. Nord. La note bucolique du titre me rassure. J'ai tort. Il n'y a pas une seule marguerite dans ce grand parking planté à la périphérie de Pontoise, où l'on vient garer les cancres irrécupérables de la région parisienne.

On m'accueille. Un surveillant spirituel qui ne croit pas en mon innocence me lance narquoisement :

— Bienvenue aux cerveaux lents.

Je ne comprends pas. Je prends la phrase comme une promesse de légèreté. Et j'entre à Saint-Martin-des-Champs avec des images aériennes dans l'esprit. En flottaison dans un ciel peu venteux au-dessus de belles étendues vertes, tenu par des adultes qui croient encore à mon avenir.

Félix amortit ma chute.

J'ai trouvé une amitié en pension et une vocation. Je découvrais que les mots pouvaient cacher des pièges, comme des champs de guerre. Des armes qu'il fallait désamorcer au risque de blessures profondes. Des mines spirituelles, à retardement, qui implosaient plus tard, au fond des esprits les plus défendus, à l'effleurement d'un chagrin.

Je suis devenu psychiatre en pension, démineur de mots. Un métier à périls.

CHAPITRE III

Inscription à la Sorbonne

Lundi. Jour de l'inscription.

L'inscription à la Sorbonne est une inscription à l'inscription.

Il faut le savoir. On ne le sait pas.

En réalité, tout le monde le sait, sauf vous.

C'est une habitude à prendre là-bas, cette situation inlassablement répétée d'être le seul à ne pas être au courant parmi une foule de gens qui le sont, cerné par des initiés qui tirent leur savoir de réunions mystérieuses où vous n'êtes jamais convié.

Cours annulés, changements de salle, d'horaire, de date, de professeur. Vous butez sur des portes fermées, des adresses qui n'existent plus, des bureaux déserts et vous êtes seul. Les autres étudiants ne se trompant jamais, vous ne rencontrez pas de frères d'errance. Vous suivez les indications des panneaux d'affichage, fausses car changées quotidiennement dans votre dos, vous respectez des dates girouettes qui tournent dans les courants d'air des couloirs.

Il y a un langage ésotérique à apprendre.

Les étudiants communiquent entre eux comme des sourds-muets. Par signes ou par ondes. Le langage écrit ne vient pas à votre secours. La Sorbonne écrit à l'encre sympathique. Après le passage du dernier élu qui vous précède, les informations disparaissent des tableaux. Elles s'évaporent, par magie.

Ne cherchez pas la raison.

La raison est que vous n'êtes pas là. Vous êtes différent. Vous êtes vieux. Les étudiants vous sourient aimablement, mais vous n'êtes pas là. Vous croyez entrer dans leur monde, vous restez dehors, pas loin, mais dehors. Ils ont cet esprit grégaire qui ne vous agrège pas. Ils vivent en clan sur un territoire qui est le leur. Ils ont cette connaissance de la houle des informations utiles, qui montent et descendent, émergent et coulent et suivent des marées pour marins expérimentés. Il y a toujours une sentinelle, un phare qui avertit les autres des changements météo-universitaires. Vous, laissez toute espérance. Jamais prévenu de rien, sans gouvernail, sans carte, vos chances de survie sont nulles. Abandonné à vous-même, vous pouvez choisir entre vous échouer ou vous noyer, dans un couloir, à marée haute de vide.

Première expérience. Salle 123, ouverture 9 heures, inscription pour la remise des dossiers. Nous sommes deux.

— Tu t'es pas trompé de jour ?

Je montre la convocation. Lundi. 9 heures.

Des troupes passent autour de nous. Nous essayons de nous informer. Une jeune étudiante à couette blonde nous écoute avec compassion et j'entends pour la première fois cette phrase qui allait nous accompagner fidèlement tout au long de notre voyage :

— Non, ça a changé.

Salle 433, ouverture 14 heures pour les lettres M à T.

— T'étais pas au courant ?

Félix a ce don de toujours ponctuer les événements à fort potentiel d'exaspération de ce petit plus d'acidité qui fait grimper la sensation désagréable sur l'échelle de l'insupportable. Il a le secret du turbo qui donne la puissance manquante à la machine du quotidien consacrée à briser vos nerfs.

— Si. C'est pour ça que j'ai décommandé ma consultation de la matinée et transféré tous mes rendez-vous sur l'après-midi.

— Fâcheux.

Nous restons côte à côte, de longues minutes, en silence, debout devant la porte close. Puis nous nous asseyons sur un de ces bancs en bois clair qui sentent l'ancien. Pas la très vieille Sorbonne, dont il ne reste rien hors de la ligne tracée sur le pavé de la grande cour, mais la Sorbonne d'hier, imaginée, avec ses odeurs de livres, ses vieux vernis, ses couloirs à fantômes. Il y a des noms qui nourrissent les rêveries, caloriquement. Ils secourent les mémoires qui ont faim, les esprits amaigris, en sucres spirituels, en viandes à désir. La Sorbonne, le Collège de France, l'Académie…

— Faut copiner.

La voix de Félix dissipe le parfum du banc. Le copinage est une sage résolution.

Trois rencontres plus tard, nous obtenons le nouvel imprimé qui remplace l'ancien, lequel n'était pas à considérer puisque daté de plus d'une semaine.

Nous apprenons qu'après l'inscription administrative, si elle était remportée avec succès, une seconde inscription, pédagogique, celle-ci, s'imposait au quatrième étage de l'établissement.

Étages d'ailleurs bien défendus par une frontière en marches d'escaliers virils dont le franchissement nécessite du souffle. La course à l'inscription demandant des qualités intellectuelles autant que physiques, j'estime qu'elle devrait constituer une matière à part entière qui apporterait des points à l'étudiant, comme une option, avec des coefficients, hauts pour les plus de quarante ans, pour rétablir l'équilibre.

Car il faut les monter les escaliers de la Sorbonne et les descendre.

Les ascenseurs se dissimulent comme des énigmes et ressemblent à des monte-charge soulignant vulgairement le handicap de l'essoufflé qui les attend au côté d'une pile de dossiers ou d'objets divers et mieux traités.

Des jeunes sportifs montent les marches quatre à quatre, en s'excusant de vous effleurer. Vous les regardez s'éloigner comme des feux follets au bout de la rampe que vos mains étreignent. Ils s'arrêtent volontiers à vos appels, en vous promettant que votre destination approche. Ils font écho.

Moi, qui ai une petite expérience de la chose hospitalière, je me revois auprès de mes malades agonisants répéter, léger comme une plume : « Ça va aller mieux, vous avez bonne mine aujourd'hui. » Preuve qu'il ne faut rassurer personne. Les mensonges se vengent.

— Quelle option ?

Une matrone au décolorage blond, l'air méchant des gastritiques chroniques avec reflux d'acidité quotidienne, nous presse. Le choix est limité : grec ancien, épigraphie chrétienne, paléographie moderne.

Félix :

— Je le sens pas.

Je forme le sourire le plus soyeux et avec une voix alcaline je demande à notre cerbère si elle n'a vraiment rien d'autre à nous proposer. Elle me répond avec un incontestable sens de l'observation que nous ne sommes pas dans un restaurant et qu'il faut choisir une option et vite. L'image du restaurant déclenche les ricanements de deux acolytes occupant les bureaux du fond de la salle.

Distance.

Je regarde ce trio responsable des orientations de ma licence d'histoire et d'une certaine manière de ma vie. Ce petit tribunal de la terreur qui nous brusque, nous secoue. Leur pouvoir éphémère profite à plein de ses quelques heures d'existence. Nous nous soumettons. La file des victimes est longue derrière nous. Les jeunes étudiants ne font pas meilleure figure, mais ils ont encore cette force de n'accorder aucune valeur aux humiliations de circonstance. Là où je vois trois parques cherchant de leurs ciseaux à couper le fil de ma fierté, eux n'aperçoivent que trois petits reliefs pointus à éviter sur leur route, d'un écart du pied.

Un confrère d'attente compatissant me souffle à l'oreille que l'initiation au latin est aussi en option. Félix n'ayant pas d'opinion arrêtée sur la question et la matière trouvant de très vagues échos dans ma mémoire, nous choisissons donc latin. Il faut ensuite retenir trois enseignements fondamentaux : histoire ancienne, médiévale et moderne. Choix large, impatience palpable. Félix donne une indication :

— Je suis plutôt médiéval, moi.

— Quel siècle ?

— Ton siècle sera le mien.

Le cerbère me propose d'aller réfléchir en bout de queue. Le choix vaut pour six mois. Toutes les périodes du Moyen Âge sont proposées sous forme de dates. Je n'ai pas la traduction littéraire immédiate de cette histoire mathématisée. J'essaie de trouver le sujet le plus large possible.

— Bon, XIVe, ça te va ?

— Oui, c'est mon arrondissement.

Une grimace rééquilibre le bas du visage de notre juge blond. Un sourire que la blague de Félix a creusé sous la couche orange du fond de teint. Il me regarde, visiblement satisfait de sa participation et tout à fait détaché des contingences de notre inscription.

Pour le principe, je lui demande son avis pour nos autres choix.

— Et pour le reste ?

— Je te laisse faire.

Je l'abandonne au décryptage du charme ésotérique de notre hôte dont l'humeur, je dois l'avouer, est transformée. Elle dialogue avec lui, plutôt minaudante et plus du tout impatiente, refoulant de notre alcôve les étudiants pressés.

Je me sens seul. Je cherche. Éviter les sujets trop spécialisés. Décision.

— Constantin. Les guerres de religion.

— Banco.

— Tu es bien d'accord ?

Il acquiesce avec l'air supérieur de celui qui a déjà fait le tour de la question.

— Constantin et les guerres de religion.

Retour le soir à la chaleur de mon appartement. Un peu chancelant. Mes habitudes viennent à mon secours. Ma femme m'interroge prudemment. Je retrouve mon fauteuil, mon journal, ma bière, les chansons de Leprest que j'écoute souvent, tout ce qui m'appartient sans vraiment m'appartenir.

— À propos, tu as une lettre de ton frère.

Cher Antoine,

Un retard de paiement, imputable à ta banque dont les versements sont parfois en décalage avec mon prélèvement mensuel, a conduit à une interruption de mon abonnement téléphonique. En un mot, ils m'ont coupé la ligne. J'espère qu'il ne t'arrivera rien pendant le délai nécessaire à la régularisation. Merci de t'en occuper. Je reste comme tu le sais toujours à ton écoute. Si France Télécom me le permet. Je plaisante. Avec affection.

Ton frère Thierry

Chapitre IV

L'inconscient d'un psychiatre. Premier cours

Mardi. Journée de l'hyperchondrie.

Définition de l'hyperchondrie : forme hyper de l'hypochondrie.

Je groupe les malades. Le traitement est difficile et mes résultats sont à la hauteur de cette difficulté, enfin plus exactement à l'ombre de la hauteur de cette difficulté. Je fais vraiment tout ce que je peux pour lutter contre l'idée fixe de la maladie. Mais ce n'est pas une pathologie superficielle, c'est un tatouage, profond. Pour l'extirper, il faut des méthodes chirurgicales. Délabrantes. Il faut creuser autour de la conviction, repérer les adhérences affectives, les trancher. C'est très risqué.

Plus je vais, moins je fais. J'ai le sentiment que mon rôle de thérapeute s'est adouci, avec des scènes de moins en moins violentes, sur l'écran de mes consultations, censurées par le temps passé auprès de mes malades, le souvenir des mauvaises actions. J'essaie d'atteindre le graal de la médecine passive. Moi qui joue mal au tennis, je ne me figure pas en partenaire de mes patients, mais en mur. Je renvoie la balle telle que je l'ai reçue, sans modifier son effet ou sa trajectoire, en absorbant seulement un peu de la force de son impact.

Lorsqu'on en est réduit à des métaphores sportives, l'humilité s'impose en médecine.

J'ai sincèrement sympathisé avec Antoine Rivière. Un phobique qui a bénéficié de mes soins contemplatifs. En partie.

Il est arrivé chez moi pour une angoisse sévère de l'infection, avec des constructions élaborées qui pouvaient entraîner des conséquences. Une hospitalisation, par exemple, au service d'infectiologie de la Salpêtrière pour suspicion de fièvre hémorragique au virus Ebola, après un contact peu intime avec les singes du Jardin des plantes.

J'ai réussi par séances de relaxation multipliées à le guérir de sa phobie ou plus exactement à permuter sa phobie de la maladie en une forme moins consommatrice de soins : la phobie des ponts.

Par un mystère dont je ne percerai jamais la profondeur, il s'est débarrassé à mon contact de presque toutes ses idées infectieuses mais a développé en échange cet étrange blocage à l'approche des ponts et des passerelles.

J'ai décidé de m'en contenter, par peur d'une nouvelle transmutation incontrôlée qui d'expérience peut prendre des formes redoutables. Je pense à une de mes premières patientes, perturbée, allergique à l'air, avec une vision sexualisée des molécules d'oxygène qui lui faisait vivre chacune de ses inspirations comme un viol de ses poumons.

Méfiance avec l'esprit. On ne le commande qu'en lui obéissant.

À force de ne rien pouvoir faire pour lui, j'ai gagné sa confiance. Nous avons fini par nous entendre et transformer nos consultations en conversations amicales.

Antoine Rivière.

Il nous trouvait des points communs.

— Vous aviez remarqué que nous avions le même prénom ?

À vrai dire, non.

— Et nos noms de famille ?

— Saint-Bernard ?

— Non, le nom de votre mère. Racine.

— Comment connaissez-vous le nom de ma mère ?

— J'ai fait une recherche sur internet. Rivière et Racine… Vous saisissez ?

Je ne saisissais pas.

— Où vont les racines ?

— Je ne sais pas. Où elles peuvent… ?

Et avec un air complice, les bras sinueux dans l'air, mimant les flux.

— Vous voyez ?

Je voyais.

La rivière de mes patients coule à mes pieds. Pour baigner mes racines.

Je ne suis pas un psychiatre mais un palétuvier.

Il y a aujourd'hui une symbolique des mots qui n'échappe à personne. On perce les symboles comme on perce les abcès. Pour les guérir. Les mots sont remplis de pus. C'est le diagnostic de nos pères psychanalystes, infectiologues du verbe, des hallucinés qui ont transformé le langage en panaris. Le message aurait dû rester confidentiel, retenu en secteur fermé, mais on l'a libéré et c'est en train de très mal finir. Vraiment. On dit maintenant n'importe quoi, médecins comme malades.

J'ai un collègue en psychiatrie spécialisé en phonétique thérapeutique. En phonétique légale où se pratique l'autopsie des mots. Selon lui, le travail mental de dissection du langage change non seulement les concepts mais aussi leur support physique.

Ainsi, la dissociation du mot tumeur en « tu meurs » rend un service inespéré aux cancéreux qui viennent le visiter.

Mes patients font l'essentiel de leur consultation. Ils en savent plus que moi sur à peu près tout. Ils sont allés voir là où prolifèrent les informations, sur internet, ce cancer qui tue les confiances. Ils ont déjà les traductions de tous leurs symptômes, ils ont l'impression d'avoir gagné du temps. Ils en ont perdu.

En réalité, il ne faut pas prendre l'inconscient trop au sérieux. Il faut le laisser dire. Ni les mots, ni les rêves ne sont la langue de nos névroses. Ils viennent en brise-glace, en briseurs de silence, ils n'ont pas besoin de sens. Les malades veulent comprendre.

Moi, non. J'attends auprès d'eux qu'ils y renoncent. Le silence devient alors fertile.

Premier cours. Amphi Guizot. La jeunesse de Constantin.

Première observation. Les étudiants boivent. Beaucoup. De l'eau. Des bouteilles entières. Ils boivent partout et tout le temps, par petites gorgées répétées. Les bouteilles dépassent des sacs, des manteaux. On ne les partage pas. On tire dessus par bouffées, sur des goulots en forme de filtre. Pas de fumeurs dans les pauses, des buveurs d'eau. La bouteille est devenue un accessoire de la panoplie de l'étudiant, à côté du stylo. Ils la placent bien en évidence sur la table et la laissent se consumer, avant de la jeter vide, comme un mégot.

J'ai voulu comprendre ce phénomène. J'ai demandé l'avis de Félix qui m'a répondu par son habituel :

— Tu te poses trop de questions.

Moi, je pense que les étudiants sont déshydratés par l'enseignement.

Ce ne sont pas des professeurs qui nous délivrent leur savoir mais des astres. Calorifères. Ils ne nous cultivent pas, ils nous chauffent. Ils recréent une ambiance saharienne. Les rites du désert suivent. On assiste à leurs cours, en Bédouins. Le soleil de la connaissance agite les molécules, comme un micro-ondes. L'étudiant chauffe, donc boit.

Deuxième observation. Les étudiants sont des étudiantes. Pour la plupart. Et sages. On n'imaginera jamais à quel degré de sagesse sont parvenus les élèves de la Sorbonne. J'avais promis à Félix une année à remous, avec du mouvement, de l'excitation, un film de douze mois avec les ingrédients de ceux que nous aimons voir ensemble : de l'action et de l'érotisme. Sans véritablement croire en ces perspectives embellies pour attirer mon ami, je ne pensais pas être aussi loin de la réalité.

Les amphithéâtres ressemblent à des sanatoriums lorsque les malades ne toussent plus. Il y règne une paix anormale, menaçante. Le silence cache quelque chose, à l'hôpital souvent un mort, à la Sorbonne aussi. Car il faut bien qu'un peu de vie se soit éteinte dans le secret de ces écoliers sans lumière. Rien de nécessaire, un bout de fantaisie, bruyante, mobile, cette petite danse du cœur que l'on ne garde pas, soit, mais qui devrait survivre au moins quelques tours avant de s'arrêter.

Ils avaient la ride précoce ces vingtenaires, la joie coronarienne. Je les trouvais matures à la sinistrose, mais très avortons pour le reste. Le pire était qu'ils ne paraissaient pas du tout conscients de leur état. Ils venaient, satisfaits, avec leur gaieté molle, leur jeunesse jaunie et leur bonne éducation, lissés comme des momies par leurs bandelettes sociales.

La faculté ne devait pas avoir beaucoup dépensé dans les bourses. Tout ce monde respirait la marque, du bonnet à la chaussure et la convention.

On n'entendait plus aucun écho des révolutionnaires de 68. Ils n'avaient tranché la tête de personne, certes, mais au moins ils avaient mis un peu d'ambiance. Là, morne plaine. À part les raclements de gorge, les mouchages, les quintes, rien. De l'ordre, de la discipline. Une caserne pour élèves officiers.

Je me demandais d'où pouvait bien leur venir cette obéissance. Le professeur n'était pas menaçant. Plutôt cordial et détendu. Ils étaient nombreux, anonymes, libres. Leur troupe en imposait. Mais les visages étaient concentrés, les têtes hochantes, les regards désapprobateurs sur le bavard égaré. Ils avaient tous le même air, le pire, l'air concerné. Ils ne plaisantaient pas avec l'avenir, ces adultes de demain. Ils avaient fini de rire.

Ou bien tout n'était que faux-semblant, ce grand calme cachait une tempête à venir, des Louise Michel respiraient sous les couettes. J'essayais de repérer les jeunes fauves tapis sous les apparences, mais les étudiants faisaient plutôt penser à des grenouilles. Celles qu'on dissèque. Pas décérébrés, mais décaractérisés.

J'attendais le médiéval pour confirmer cette observation, mais je ne me faisais pas d'illusion. Félix, qui sentait les choses, résuma bien la situation.

— On va pas forcément se marrer cette année.

Notre premier contact avec l'université n'avait pas tenu toutes mes promesses. Je n'étais pas troublé dans mes décisions existentielles, mais la route m'apparaissait plus tortueuse que prévue. En réalité, je me sentais assez déprimé. Je m'en ouvrais auprès de mon ami qui se réanimait au contact de l'air extérieur. Depuis la sortie de l'amphithéâtre, il agitait son cou, en cherchant sur la pointe des pieds à croiser dans la foule des étudiantes un regard langoureux. Il aggravait mon humeur. Avec sa chemise couleur saumon, on aurait dit un flamant rose.

Vers la grande porte, le flux se densifia dans les couloirs. Les étudiants revendiquaient. Une estrade avait été dressée dans la cour d'honneur. Des volontaires prenaient la parole à tour de rôle derrière un haut-parleur.

Je regardais les orateurs qui cherchaient une écoute dans la cour à moitié remplie. Je ne m'intéressais pas au message mais à l'ambiance. Les étudiants s'écoulaient lentement dans le carré d'honneur de la faculté. Des meneurs sautillants haranguaient les rebelles modernes qui vérifiaient régulièrement sur leur montre l'heure de leur prochain cours. On ne sentait pas le souffle de la jeunesse ardente, un zéphyr peut-être, une petite brise. Les étudiants étaient beaucoup plus radicaux en obéissance qu'en contestation. Les tribuns s'égosillaient dans le cornet métallique qui coupait leur voix de parasites stridents. Ils gênaient l'oreille. C'était le sommet de leur subversion.

Chapitre V

Soirée rugby.
Les professeurs de la Sorbonne.
Félix concentré

— Tu viens dîner ce soir ?
— Oui.
— Soirée rugby.
— Alors, non.
— Si, viens. On se mettra dans un petit coin.
— Ça dépend d'Élisabeth.

En fait, non. Ça ne dépend pas d'Élisabeth.

Spectacle de piano des jumeaux, à 19 heures. Audition annuelle.

Ils sont deux. Identiques. J'ai trouvé le message de leur gémellité. Doubler leur force de frappe.

J'ai, à leur contact, mûri mon angoisse, ma culpabilité de père et d'homme. Je me suis senti doublement en dessous de ce que l'on pouvait attendre de moi. Doublement écrasé par mes responsabilités. Doublement éloigné d'Élisabeth. Doublement seul.

— Ils ont progressé, tu ne trouves pas ?

Sincèrement, je ne trouve pas.

L'audition au conservatoire de piano du Ve arrondissement de Paris est une corvée indicible. Je suis assis à côté de ma femme devant cet interminable défilé de jeunes massacreurs de mélodies qui s'égrènent les uns derrière les autres comme les perles d'un chapelet géant. Nécessaire au pardon de leurs fautes.

L'audition impose non seulement d'assumer le spectacle de vos enfants virtuoses, mais aussi celui des autres. Des dizaines de gamins ripolinés, qui vont vous l'apprendre de force, la même partition bâclée, en la vrillant dans vos oreilles, au poignard de leurs notes.

Les enfants ne jouent pas d'un instrument, ils en bruitent. Les miens, peut-être moins péniblement que les autres, mais pas de manière assez significative pour me faire revenir sur ma position. Je sens que la musique n'est pas leur destin. Je tremble pourtant pour eux, en père, vibrant à chaque bémol raté.

— On pourrait peut-être s'éclipser.

— Non, impossible.

Voilà. Les sueurs, les bouffées de chaleur, la tachycardie. Les symptômes que je soigne quotidiennement chez les autres et que je suis incapable de contrôler sur moi-même. Mes crises deviennent de plus en plus fréquentes. Le plus souvent déclenchées par des situations bénignes.

Correction : il n'y a pas de situations bénignes.

— Ça t'a plu, papa ?

— Beaucoup.

Ferdinand et Louis.

Déformation professionnelle, je vois mes enfants en pacemakers. Implantés sous ma poitrine. Ils commandent mon rythme affectif, préviennent mes extrasystoles sentimentales, mes pauses de cœur. Ils me brident aussi, m'empêchent par exemple de passer les portiques pour des voyages à destinations lointaines, sous peine de dysfonctionnement grave.

Élisabeth s'occupe de leur vie. Moi, j'essaie d'être un père.

Il faut que je trouve très vite un comprimé de Lexomil.

— Ça va, Antoine ?

— Ça va.

Siméon. Directeur de l'école de mes enfants. Incroyable crétin, qui me condamne au sourire et à l'amabilité. Je le pratique depuis quatre ans. Tenant des nouvelles méthodes d'éducation qui responsabilisent les enfants et transforment les parents en pots de fleurs. Un défenseur du « tout à l'école et rien à la maison ». Je ne peux pas le supporter. Il est la caricature de ces enseignants vaniteux, qui gonflent comme des coqs quand l'enfant réussit et accusent comme des procureurs quand il échoue. Louis réussit, Ferdinand échoue. Louis réussit grâce à lui. Ferdinand échoue grâce à moi. Il m'appelle en plus par mon prénom depuis une sortie sinistre où, prétend-il, nous avons sympathisé. J'ai donc le devoir d'utiliser le sien. Jean-Marie.

— C'est toujours limite, Ferdinand. Il faudra venir me voir.

— Je vais devoir te laisser avec Élisabeth. J'ai rendez-vous avec un malade.

— À cette heure-là ? C'est la vocation.

Perspicace, Jean-Marie.

J'attends Élisabeth à la maison. Sous la douche. Pour retirer les dépôts sur mon corps, les sédiments de Siméon, et des phrases que j'ai refoulées à la surface, des violences aussi, solubles dans l'eau.

Je pense à ma vie de famille. J'essaie de mettre les choses en ordre pour une analyse rationnelle.

Élisabeth a une vision libérale de l'économie du couple.

Le laisser faire et le laisser passer.

Pour elle, la main invisible qui guide la recherche de mon intérêt personnel travaille au bénéfice de notre avenir conjugal. Elle ne m'interdit donc rien. Je peux sortir, rentrer sans heures, elle ne s'oppose jamais, elle calcule sur le long terme. Source de mon angoisse, cette impression d'être projeté à plus tard, ce rendez-vous donné pour les vieux jours. Ferme.

— Je ne dînerai pas là, ce soir.

— Je t'attends pour dormir ?

— Oui, je vais dîner chez Félix.

— À tout à l'heure.

Je crois que la porte d'entrée de l'infection de notre couple est là, dans le « tout à l'heure ». Le grand amour qui nous liait a été contaminé par le temps. Au sens médical du terme. Une septicémie de temps, avec des décharges infectieuses de jours et d'heures, dans des relations qui s'étaient construites sur l'immédiat. Élisabeth m'a aimé, m'aimera, mais ne m'aime plus.

J'ai connu l'amour à l'imparfait, j'ai l'assurance d'un amour au futur et je suis dans un présent indéterminé qui ressemble à une salle de réanimation pour sentiments végétatifs. Le pendule de notre couple oscille entre souvenir et promesse.

Ma décennie de quarantenaire forme une parenthèse acceptée par Élisabeth. Une sorte de trou noir qui retient les rayons de notre affection rayonnante, les feux de notre amour flamboyant, et… Rien, un trou dans lequel on ne se voit pas. Je préfère cesser d'y penser. Le simple fait d'évoquer mes rapports conjugaux diminue immédiatement mes taux de sérotonine.

Dans ces moments, je suis incapable de toute activité un peu élaborée. Les distractions sont inutiles, je ne peux plus rien entendre, plus rien regarder et plus rien lire. Je ressemble au champignon que j'ai dû être dans une vie antérieure.

Je me suis servi un verre de vodka. Je n'en propose pas à Élisabeth. Elle range, à mes côtés, des assiettes déjà empilées. Elle mesure les espaces entre les piles. Pour reproduire des écarts identiques. Je trinque avec son verre d'inquiétude. Elle le vide doucement, par petits coups de chiffon sur le bord des assiettes propres. Moi, je bois.

Soirée rugby au restaurant de Félix.

Je préfère le foot. Je déteste l'ambiance rugby. Bon camarade, bon esprit, bon vivant. On s'embrasse, on se frappe sur les épaules, on se secoue d'amitié pour faire tomber des fruits que l'on ne porte pas.

Les rugbymen touchent tout ce qui bouge avec leurs grosses mains. C'est pour vous montrer qu'ils vous aiment. Ça déborde d'amitié alcoolisée, de passion de bistrot, de serments de frères de stade et de nationalisme de village. On force ses accents du Pays basque, de Toulouse, de Nîmes. On s'envoie de la race supérieure campagnarde, on se la passe comme une balle, vers l'arrière.

C'est la règle phare du rugby, la passe vers l'arrière.

En avant, on siffle faute. On comprend le symbole.

Ils en ont plein la bouche de leurs racines ces goinfrés de viande, de la Soule, de la Catalogne, du Languedoc et du Béarn. Ils ont la nostalgie du beau Moyen Âge, du temps où le « pays » était un pays, où l'on se reconnaissait à son air, à sa langue, à son ballon. Ils parlent de « vraie valeur », une plante rare qui ne pousse que dans le sud de la France au milieu des pâquerettes.

C'est sur les échasses du régionalisme que la connerie s'élève au-dessus du niveau de l'herbe.

Avantage du foot. Le ballon reste loin du cerveau. C'est l'excès de proximité qui gonfle la fierté des rugbymen.

Nous nous installons.

Par amitié, Félix m'a réservé une place d'honneur. « À côté du plus marrant. »

Soirée coulée.

Je dépéris auprès d'un ancien avant. Large. Rouge. Basque. Il me trouve immédiatement sympathique. J'en étais certain. Autre tic des groupes sportifs ovales, l'accueil accueillant au sein du groupe. La philanthropie.

— J'aime beaucoup le rugby.

— Tu as déjà joué ?

— Non.

— Ça se voit.

Grande bourrade souriante sur mon épaule gauche.

— Je plaisante.

Je retiens comme assez caractéristique de cette collectivité le fait que chaque mot d'esprit soit ponctué par un hématome.

Inévitable aussi, la délivrance des surnoms. Le Tonio.

Il s'appelle Etchebal. Une vieille connaissance de Félix. Vigneron.

— Tu es d'où toi ?

— De Paris.

Il me regarde avec cet air d'intense compassion qui me rappelle mes visites dans un service de cancérologie où j'ai travaillé comme interne.

Je crois qu'il assimile Paris à une métastase.

Félix nous rejoint. Je n'évite rien, ni les blagues asphyxiantes, ni les chansons paillardes (Allez Antoine, une chanson de carabin.

— Non.

— Si, j'insiste.

— Non n'insiste pas.

— Il est coincé le Tonio...).

Oui, il est coincé. La fête me coince, pas seulement la fête rugby, la fête tout court. Pour moi un homme qui rit est un cadavre. Les lèvres découvrent les dents qu'on retrouve plus tard, intactes, sur les squelettes. J'ai étudié deux ans l'anatomie sur un crâne authentique qui n'a pas cessé de me sourire pendant mes nuits laborieuses. Depuis, je traverse les fêtes comme des cimetières. Les lieux de réunion sont des tombes, plus effrayantes que les vraies puisqu'on y bouge, on y parle et surtout on y rit. Il n'y a que dans les cauchemars que l'on rencontre autant de morts vivants, de vivants morts de joie. Et c'est vrai qu'ils ont l'air de la trouver tordante leur mort, les morts. Les ressemblances d'hilarité sont frappantes avec les joyeux de la vie. Ça se gondole sur les paillasses, on ne peut pas dire le contraire. Bouches fendues par les zygomatiques rigidifiés, yeux écarquillés, nuque en extension. La mort doit raconter une blague éternelle.

Félix s'amuse. Je le regarde. Je gravis une à une les marches du calvaire de cette soirée désopilante, en respectant chacune des stations. Lui sautille, en vif-argent, de verres de morgon en verres de morgon, tendus comme des tremplins. J'ai envie de lui dire que rien ne presse, qu'il serait même plus judicieux de traîner en chemin, de laisser sa croix peser pour retarder l'échéance. Mais la croix de Félix est une brindille qui ne le ralentit pas.

Je sais qu'il paraît plus jeune que moi, plus beau, plus vivant. L'âge l'a contourné par superstition, avec ceux qui, comme lui, portent malheur au temps. Les gais. Les gais pour toujours, qui continuent à s'esclaffer au bout de la vieillesse et de la maladie. Ceux que la mort chatouille. Les hommes de bonne humeur.

Il est grand, beau, très brun, les yeux sombres, une peau mate sans défaut, un corps fort, enveloppé pour la douceur.

Bref, un ami détestable.

Trois mois ont passé. J'ai écouté les silences des amphithéâtres. Les impressions des premiers jours sont confirmées, nous sommes dans une classe de quatrième turquoise à la Légion d'honneur.

Les professeurs de la Sorbonne ne sont pas tous égaux.

La plus grande université de France vous promet un enseignement élevé. Et c'est vrai que vous tombez de haut. En chute non freinée par le grand savoir de vos pairs, tous agrégés, tous en chaire, qui déplient la voile de leur enseignement, en torche.

Ils ne sont pas incompétents les maîtres de la Sorbonne, ils sont avares. Leurs aumônes sont humiliantes pour les jeunes mendiants des amphithéâtres qui mériteraient mieux que ces centimes de culture, jetés dans leur bol, en passant. Des harpagons de la transmission, des usuriers qui font payer leur prêt de science à intérêt fort, d'ennui et de solitude.

Le pire, Ambroise Farjotte, professeur d'économie, car parmi les options obligatoires de ma licence figure aussi l'initiation à l'économie. Les étudiants d'histoire peu concernés doivent l'être un peu, la note compte au final autant que celle de latin. Dès le premier cours, Félix a donné son ton, en s'endormant sans discrétion excessive à la quinzième minute.

En tant qu'insomniaque chronique, j'éprouve un sentiment de jalousie assumée devant les dormeurs faciles. Mon expérience de psychiatre m'a rassuré sur au moins un point. Sommeil serein ne rime pas avec sérénité. Les mignons de Morphée ne l'emporteront pas au paradis. J'ai vu des névrosés profonds au sommeil d'ange, des mélancoliques hypersomniaques, des psychotiques dangereux qui fermaient les yeux sur commande. Dormeurs, méfiez-vous. Insomniaques, sachez que dans la nuit, les angoisses progressent à l'insu du somnolent, creusent la paroi de son estomac, se déposent en plaques grasses à l'intérieur de ses artères et se multiplient en cellules sauvages dans ses organes. L'insomnie veille sur son enfant, maternellement. Le dormeur orphelin finira dans les souffrances des ulcères, angineux de la poitrine, cancéreux des organes. L'éveillé gardera son corps pur.

On décrira un jour le syndrome de Macbeth, le tueur de sommeil, qui, s'il n'avait pas été assassiné, aurait été éternel.

Je regardais Félix le long du cours de Monsieur Farjotte, il ronflait gentiment, au début avec timidité, puis avec plus d'assurance, devenant présent dans l'amphithéâtre. Je le réveillais régulièrement, mais sans trop d'insistance, car j'avais besoin de concentration pour comprendre, non pas le sens du cours qui était impénétrable, mais le sens de ce professeur.

Il parlait pour lui-même. En réalité, il répétait son enseignement pour une représentation ultérieure où nous n'étions pas conviés.

C'était étrange de le voir marmonner des théories économiques qu'il lisait dans un classeur noir sans jamais lever les yeux vers son auditoire.

Il n'était pas conscient. De cette sorte de coma critique que l'on rencontre souvent en pathologie non hospitalière. En maladie civile. Des gens sûrs d'eux. À un inimaginable degré. L'école de la non-remise en question s'intègre au terme d'épreuves très sélectives. Les candidats sont éliminés en masse. Les concours de l'administration sont des boulevards en comparaison.

Sorti major du concours de la critique absente, Farjotte exposait son cours avec la satisfaction profonde de l'homme conscient de son utilité, un pélican qui comblait de nourriture céleste les oisillons des travées habitués aux vulgaires protéines terriennes. Inlassablement, il pérorait sur les grands économistes dont il agitait les cendres. Pour rien. Pour qu'elles retombent.

Félix ouvrit un œil et marmonna :

— Tu y comprends quelque chose ?

Je répondis, détaché :

— Ça va.

J'ai toujours cette faiblesse de faire croire à Félix que je comprends quand il ne comprend rien. Pour maintenir cette hiérarchie intellectuelle entre nous, qui pourrait être le socle de notre amitié.

À l'autre extrémité, il y avait un grand professeur. D'histoire antique, Monsieur Solamento. Isolé dans la masse des Farjotte qui constituait le poids essentiel de notre corps enseignant. Il réconciliait avec l'histoire. Il jouait bien. La partition déroulait sous ses doigts, harmonieuse. On sentait qu'il avait cette marge des grands interprètes, il donnait l'impression de garder encore un espace d'excellence, de ne pas être au bout de son savoir. Constantin en clé de fa, Théodose en sol et Augustin en arpège.

Je l'aimais bien Solamento, et Félix aussi, qui notait sur un cahier épais les croches de son enseignement. Il était le seul professeur qui recevait l'honneur de sa plume. Les autres étaient assurés de son attention somnolente et surtout de la mienne, sur laquelle il comptait pour les examens à venir.

Sa concentration m'inquiétait. J'aurais dû être satisfait, Félix paraissait enfin concerné par quelque chose dans notre voyage universitaire.

Je ne l'étais pas.

Je me sentais menacé. Je préférais ne pas pousser trop loin l'analyse. Les échecs de Félix avaient toujours été des compagnons pour moi. J'avais ces vieux souvenirs d'école, d'aide passive. Ses moyennes lamentables en mathématiques, en français, en langues venaient en renfort. Je me sentais protégé par sa faiblesse. Son errance scolaire était un repère pour la mienne, une boussole réglée sur le nord de sa nullité fraternelle.

Ma plume donna des signes de fatigue entre Julien l'Apostat et Gratien, je demandai un outil de rechange à Félix, qui me pria de ne pas le déranger. En le regardant aussi lointain et séparé de moi, je découvrais l'option solitude que la Sorbonne réserve, en secret, aux étudiants qui ont des aptitudes en abandon.

Retour à l'ombre du Panthéon, pour un homme de grandeur moyenne. Élisabeth est à son don hebdomadaire d'elle-même. Une association de personnes âgées qui dépend de la mairie et qu'elle anime bénévolement depuis cinq ans.

Moi aussi, je mériterais d'être animé.

Les étudiants de la Sorbonne me voient vieux. Je le sais. Ils s'effacent quand je m'approche des portes, ils me laissent passer les mal élevés, ils me proposent de m'accompagner lorsque je cherche un cours, ils me sourient quand mon regard les croise, avec compassion, comme si j'agonisais. Un des plus haineux m'a précisé, alors que je ne lui demandais qu'un numéro de salle, qu'un ascenseur pouvait m'y conduire. Condamnation sans appel des étudiants de la Sorbonne à mon égard : « Monsieur ».

Je ne peux pas l'éviter au bout de chaque phrase juvénile qui me rencontre, « Monsieur »… Le mot écarlate.

« Excusez-moi, Monsieur », « C'est par là, Monsieur ».

Marqué au fer des mots.

J'aimerais qu'Élisabeth soit là pour m'écouter.

Chapitre VI

Thalès. Semestres universitaires. Thierry et Madeleine

— Tu fais coïncider la tête de la fille avec le sommet de la tour Eiffel. Tu mesures la distance qui te sépare de la fille et celle qui te sépare de la tour. Tu as donc deux longueurs : L1 et L2. Tu connais la hauteur de la tour, environ trois cents mètres. Tu poses l'équation. Hauteur de la fille sur hauteur de la tour égale L1 sur L2. Tu en déduis la taille de la fille.

— Attends, il faut que je note… T'es sûr que ça marche ?

— Ça marche depuis vingt-six siècles. C'est le théorème de Thalès.

— Non, mais je veux dire pour la fille.

— Taux d'échec nul. C'est un Anglais qui m'a appris ça. La meilleure façon d'aborder une étrangère à Paris. Tu vas vers elle, grand sourire, machine à calculer dans la main, tu l'intrigues. Tu demandes : *Do you know the theorem of Thales ?* Après, tu déroules. Tu dis que tu es capable de deviner sa taille au centimètre près, grâce à la tour Eiffel et aux Grecs.

Tu arrondis toujours au chiffre du dessus. Tu es sûr que personne ne l'a jamais abordée comme ça.

— Et si je me trompe dans mes calculs ?

— Tu fais une approximation visuelle et tu dis que Thalès c'est quand même six siècles avant Jésus-Christ, donc droit à l'erreur…

— *Do you know the theorem of Thales…*

— Voilà.

Fin d'après-midi sur le Champ-de-Mars. Révision des examens de février. La motivation de Félix reste convalescente. J'essaie de la faire renaître de ses cendres froides.

— On sera à côté pour l'examen ?

— Non.

Le moyen mnémotechnique est la bouée des étudiants de nos âges.

Nous l'utilisons beaucoup, avec excès parfois, la mémorisation du moyen pouvant être plus difficile que celle de l'information qu'il est censé faire retenir.

Liste des empereurs romains marquants du IIe siècle :

— J'en vois très peu de marquants.

Moyen : Trachéite. « Tra » pour Trajan, « H » pour Hadrien.

— Je croyais que t'en avais marre de la médecine ?

Angine pour Antonin le Pieux, Mastoïdite pour Marc Aurèle, Trachome pour Commode.

— Ça va beaucoup m'aider, à l'oral. Question : Marc Aurèle. Ça vient, je vous demande une seconde, je vous le retrouve tout de suite, entre l'angine et le trachome.

— Constantin, multiple de 6. En 306, César. En 312, empereur d'Occident. En 324, empereur d'Orient.

— Je les supporte plus tes moyens mnémotechniques, Antoine.

— C'est pour t'aider.

— Tu ne m'aides pas, tu m'embrouilles.

— Alors je t'écoute. Édit de Milan ?

— Tu sais, j'ai réfléchi. Je crois qu'il faut que je travaille tout seul. J'ai besoin de me concentrer. J'ai ma méthode.

— C'est quoi ta méthode ?

— J'enregistre sur cassettes. Je les passe la nuit, en boucle.

— Tu dors en écoutant tes cours ?

— Oui.

— Tu peux le prouver ça ?

— Quand tu veux.

Les semestres à la Sorbonne ne durent jamais six mois.

Ils gardent cette étiquette prétentieuse, mais en réalité l'année se tient sur deux trimestres, le second étant le plus souvent amputé d'une trentaine de jours.

Les professeurs de faculté ne font pas les ponts. Ils ne donnent pas de cours durant les 24 heures qui séparent le week-end du jour férié. Les explications sont livrées, en début de séance, assez solennellement, avec un air contraint d'avoir à céder à une autorité supérieure. Celle du jour férié, précisément, qui intime l'ordre de se soumettre ou de se démettre. Le professeur se soumet donc, dignement, les yeux dans ceux de l'amphithéâtre, et assume sa décision en la motivant : réunion, congrès, travaux d'intérêt général c'est-à-dire généralement particulier.

Les vacances universitaires sont respectées et nécessaires à ces forçats du service public dont on ne mesure pas l'épuisement chronique. En réalité, il y a une forme d'asthme intellectuel, très proche de cette faiblesse respiratoire qui m'a toujours imposé la présence rassurante d'un tube de Ventoline. Comme l'asthmatique, le professeur de faculté doit se protéger de l'effort et du froid. Ce qu'il fait. Les amphithéâtres sont surchauffés et résignés. Les reproches des cerveaux non enseignants, c'est-à-dire fluides, sont injustes, compte tenu de ce facteur pathologique. Je partage avec ces esprits congénitalement freinés, sensibles au frottement des jours, le sentiment d'incompréhension que recueille le poumon bouché auprès du poumon sain.

Il faut l'accepter, les professeurs cachent des handicaps et méritent un traitement social adapté, qu'ils obtiennent d'ailleurs. Les chaires de la Sorbonne sont équipées de roues invisibles, qui facilitent le déplacement de ce corps universitaire à mobilité réduite, que les étudiants poussent, avec une générosité juvénile.

Les trois mois du semestre ont été tumultueux, non pas sur le lac de la faculté, mais sur l'océan intime de ma vie familiale.

Début décembre, Élisabeth m'accueille le soir avec un air moins détaché que de coutume.

— Ton frère est là.

Je détecte une pointe de reproche, qui me paraît injustifiée, car les visites de mon frère sont beaucoup moins fréquentes que celles de ma belle-mère. Je crois bon d'ajouter que je vois mon frère trop rarement, ce qui me vaut un mystérieux « Alors tu vas être content… ».

Je retrouve Thierry dans le salon, auprès des jumeaux qui apprécient sa conversation. Il semble détendu, ce qui est sa règle. Moins habituelle, sa tenue. D'intérieur. Avec un pantalon de pyjama et une chemise qui, jusqu'à ce jour, étaient en ma possession.

J'apprends que Thierry s'installe à la maison pour une durée courte mais indéterminée.

— J'ai eu un dégât des eaux.

— Tu as téléphoné à ton assurance ?

— C'est-à-dire que je ne suis pas complètement assuré.

— Pas complètement ?

— Pas en totalité.

— Tu peux préciser ?

— J'ai réinvesti l'argent de l'assurance.

— Dans quoi ?

— Le quotidien.

— D'accord.

Thierry a fait des études d'économie. C'est son avantage culturel. Un terrain sur lequel je ne peux absolument pas le suivre, compte tenu d'une difficulté de conceptualisation des chiffres, autrement dit, de ma profonde nullité en maths.

Je lui confie la gestion de mon capital. À titre consultatif. La gestion réelle étant menée par Élisabeth, qui ne consulte pas Thierry.

Les conseils boursiers de Thierry sont coulés dans le béton dont on entoure les pieds de ceux qui ont trahi la mafia, juste avant de les jeter dans un fleuve. En calculant les économies que j'ai faites en ne suivant aucune de ses suggestions, j'ai l'impression de lui devoir beaucoup.

Il a toujours cette conviction de détenir un secret d'initié qui met sa sécurité en péril et la mienne aussi par la même occasion. Je le rassure en jurant sur l'honneur de ne jamais diffuser la moindre de ses informations.

— Ne t'inquiète pas, je ne fais que passer.

Voire. La présence de Thierry sera coûteuse pour moi. Élisabeth me facture toujours son temps de contact, en revanche d'heures maternelles, en « heures Madeleine », beaucoup plus étendues que celles de notre temps officiel.

Ma belle-mère a deux idées fixes, sa santé et les Polonais. Les deux sujets n'ayant strictement aucun lien entre eux. La santé me concerne directement. Madeleine estime que ma formation médicale me rend compétent dans toutes les spécialités. Particulièrement les plus éloignées de la mienne. Je suis donc, en fonction du moment, dermatologue, cardiologue, gastro-entérologue et dans les pires extrémités gynécologue.

Cette femme excessivement attachée à la forme perd toute retenue dès que le philtre désinhibant de la médecine se diffuse dans ses veines. J'ai droit à tout. Et mes « je ne sais pas », « ce n'est pas ma spécialité », « demandez à votre généraliste » ont valeur de silence.

Une des raisons qui m'ont fait choisir la psychiatrie est qu'on n'y voit rien. La pathologie de l'esprit a une caractéristique essentielle : la pudeur.

Les maux spirituels ne s'expriment pas visuellement. En dermatologie par exemple, les ulcères se creusent en s'aggravant, prennent des couleurs infectes, baignent dans le pus, se montent en croûtes nauséabondes. Le psychotique qui décompense reste présentable. Le délirant délire avec retenue sur le plan cutané. Le mélancolique s'effondre sans rien salir.

Je me souviens de moments difficiles lors de mes passages obligés dans les services de médecine exhibitionniste. Tous les organes qui souffrent le disent à l'extérieur, bavardent en surface, c'est assourdissant. J'ai voulu fuir le bruit du corps. Fuir le bruit tout court.

Madeleine en fait. Énormément. Notre dernier face-à-face a été otorhinolaryngé. Une sensation de conduit auditif bouché, qui m'a imposé l'exploration de l'intérieur de son oreille gauche.

— Vous devez sûrement voir quelque chose.

Non. J'exerce une médecine où je peux fermer les yeux. Madeleine me les fait ouvrir, avec délicatesse, comme les paupières tuméfiées d'un boxeur qu'on écarquille au cutter.

Je vois, dans la boule de cristal du conduit auditif externe de ma belle-mère, un avenir sombre. Il faut absolument aider Thierry à accélérer ses démarches auprès de l'assurance. Élisabeth utilisera sa mère, comme un bélier.

Il me reste deux armes contre elle. L'erreur diagnostique, une option que tout médecin valide avec un minimum d'expérience ; ou, plus subtil, le doute injectable. Technique : cancérisation des symptômes bénins. Méthode pour obtenir une solution d'angoisse très pure : le diagnostic énigmatique. Exemple, petite toux : Vous avez fait une radio des poumons récemment ? Non. Pourquoi ?

Injection : Pour rien…

Ou : Vous l'avez toujours eu ce grain de beauté ? Oui. Pourquoi ? Injection : Je ne sais pas…

Sinon, recours aux Polonais.

Tout ce qui est mauvais sur terre est polonais pour Madeleine. Le raz de marée qui a dévasté la Thaïlande est polonais. Les électeurs de l'extrême droite sont polonais, comme les médecins qui ne savent pas soigner les maux de gorge. En réalité, le grand amour de ma belle-mère était un Polonais, lucide, qui l'abandonna, lui laissant au ventre le souvenir d'Élisabeth.

Le nom de jeune fille de ma femme est Orléans, c'est-à-dire Orlowska. Orléans étant la traduction officialisée par Madeleine, appuyée par des amis haut placés à la Préfecture de police. D'où, je pense, la vocation de linguiste de mon épouse.

Ma belle-mère ayant effacé toute trace de son passé affectif, ma femme n'a jamais rencontré son père.

Madeleine a pour principe qu'un père mort vaut mieux qu'un père polonais.

À vrai dire, je ne suis jamais tombé sous le charme de ma belle-mère, sauf si l'on assimile le charme à un poids de fonte.

Je n'ai en plus aucune animosité contre les Polonais, bien au contraire, je les traite en alliés, unis contre l'ennemie commune, et je recherche volontiers leur compagnie. J'ai d'ailleurs acquis les œuvres complètes de Chopin, que je distille en fond musical, l'air de rien, dès que Madeleine passe le pas de ma porte.

— Est-ce que vous voyez quelque chose ?

Il serait facile pour moi d'analyser professionnellement les névroses de mon épouse. Par le père, cette voie. Moi-même, j'adresse à l'ombre du mien un appel quotidien, auquel il ne répond pas. Comme le Christ. Les mères nous recueillent au pied de nos croix, en pietà, les pères nous laissent crucifier alors qu'ils ont le pouvoir de nous sauver.

« Le visible du père, c'est le fils. L'invisible du fils, c'est le père », écrivait saint Irénée. On ignore agressivement saint Irénée. On a tort, surtout que saint Irénée, dans une conversation, déstabilise souvent le contradicteur. Les chances de trouver un spécialiste de saint Irénée restent très faibles dans la vie de tous les jours. Je l'ai d'ailleurs conseillé à Félix, pour les conversations d'approche à orientation littéraire.

Donc, Élisabeth cherche son père et ne me cherche pas.

Thierry traverse silencieusement la pièce dans ma robe de chambre, qu'il porte bien. Un petit salut de la main, sans détourner la tête, avant de disparaître dans la chambre de Ferdinand, exilé dans celle de son frère, pour une durée courtement indéterminée.

— Et vous allez le garder combien de temps, ce Polonais ?

Élisabeth intervient du regard. Sa mère hausse les épaules et me tend son oreille.

Injection : Tiens, il y a peut-être un petit quelque chose…

Chapitre VII

Violetta. Félix inquiet. Élisabeth au théâtre. Vodka

Sorbonne, février, partiels dans quinze jours.

— Je te présente Violetta.

Belle, jeune, cheveux ébène, regard vert. Rien à dire. Félix a ce don. Je ne suis pas de nature jalouse. De nature envieuse inévitablement, au contact de Violetta. Anglaise, vingt-cinq ans, licenciée à Oxford, en équivalence à la Sorbonne, sans défaut apparent. Félix me précise que nos problèmes d'orientation intra-universitaire sont réglés, l'intégration de Violetta au sein de la faculté étant consommée. Nous connaîtrons les salles, les horaires, les sujets annoncés par les travaux dirigés que nous ne suivons pas. Recrue de choix. Elle est absolument charmante, avec une pointe d'accent qui pique les bulles des a priori contre elle.

Elle me raconte le détail de sa relation amoureuse avec Félix et dresse l'inventaire de ses séductions. L'une d'entre elles me touche. On ne le soupçonne pas, mais Félix est un scientifique. Un artiste de la géométrie dans l'espace qui utilise, comme un pinceau, le théorème de Thalès.

Mon ami me doit tout.

— Tu nous rejoins au Duc.

« Le Duc » est le bar de « ceux qui savent » à la Sorbonne. Ceux qui savent qu'il ne faut pas aller ailleurs. Le quartier Saint-Michel a le café coûteux. La gorgée ne descend pas sous cinq euros et le service n'est pas compris par ceux qui vous servent. Les pigeons sur le trottoir regardent à travers la glace, avec compassion, me semble-t-il, les consommateurs qu'ils reconnaissent comme des frères.

Le Duc est un petit bar caché au-dessus de la faculté. Sans prétention. Les étudiants y viennent parce qu'on ne leur demande rien. Ils peuvent rester une matinée entière devant un verre d'eau et leurs cours. Un patron indifférent les regarde sans animosité. Des vieux habitués ont leur place. Il n'y a pas de musique, pas de recherche, c'est simple.

De l'extérieur, je regarde Félix, au milieu de Violetta et de ses amis. Il ne détonne pas. Il ne détonne jamais. Il a ce sens de la fusion, ce secret de l'émulsion. Moi, je coagule au contact de mon prochain, lui se fluidifie.

Je remonte vers la rue Soufflot. Je traîne. Je suis devenu lourd. Il est loin le temps où je savais transformer les pensées pesantes en pensées à gaz léger, respirables, qui se libéraient facilement de ma gravité pour monter et pour se partager. Je l'ai perdue, cette chlorophylle spirituelle, cette protéine de jeunesse, qui en crée de l'oxygène pur, beaucoup plus que nos forêts.

Moyen Âge.

Charles VI, le roi fou comme un lapin. Charles VI se croyait en verre cassable et se bardait de lattes d'acier pour protéger ses os en cas de chute. La reine Isabeau le trompait avec à peu près tout le monde. Une étoile, dans la nuit intensément pourrie de la vie de Charles VI, Odette de Champdivers, sa dame de compagnie, qui l'aimait malgré tout. Mais le règne d'Odette n'est pas au programme.

— Déprimant, ce cours.

C'est Charles VI qui déprime Félix. Toute la différence est là.

— Je te laisse prendre la fin, je vais fumer une cigarette.

Isabeau, devenue obèse, insinue que Charles VII n'est pas son fils, ce qui traumatise gravement le dauphin, à une époque où le soutien psychologique est encore embryonnaire.

1415, l'armée française se fait tondre par les Anglais à Azincourt. Isabeau devenue collabo avec son complice le duc de Bourgogne signe le traité de Troyes en 1420 qui vend la France à l'ennemi maintenant héréditaire. Plus tard, Charles VII abandonne Jeanne d'Arc et laisse consumer ses remords avec elle, à Rouen. Félix a raison, ce cours est noir.

Le dernier drame bouclé, je le rejoins dans le hall. Violetta est avec lui. À contre-jour, c'est-à-dire transparente. En compagnie du jour en réalité, en partage de clarté. Félix, se comparant à Abélard avant son châtiment, me l'a décrite un soir de poésie en Héloïse virginale, me précisant qu'elle ne portait jamais de soutien-gorge. Ce que le jour lubrique de la Sorbonne me confirme.

En réalité, je n'y suis plus. Dans ces derniers feux de testostérone, ce bouquet final de nos âges, tristes. Je n'y suis plus, sincèrement. Je participe aux conversations obligatoires des amis réunis, pour ne pas casser l'ambiance. Je ris aux blagues, je fantasme aux fantasmes, en surface, je pars quand je peux les vivre. J'ai prévenu que je devenais sinistre.

J'essaie de regarder Violetta simplement. Sans réflexe de désir. C'est difficile. Les vêtements la déshabillent. Son corps a un pouvoir de transparence. Il perce, en courbes fines, il rattrape les yeux qui veulent s'en détourner. Vous n'y pouvez rien, le corps de Violetta enchante les résolutions. Elle ressemble à une madone italienne, visage ovale, regard doux. Mais le mouvement efface toutes les références religieuses. Son pas, par exemple, laïcise dangereusement l'image virginale. Son déhanchement trahit les hérésies les plus désastreuses.

Une des menaces graves pour les moines du désert est la « pornoïa », à soigner dit-on par une alimentation sans viande et sans lait. Je ne crois guère au remède. Les ermites végétariens ne sont sûrement pas immunisés contre cette sexualisation du monde qui transforme leurs rochers en vierges lascives et leurs brebis en courtisanes. Pour nous, dans le monastère de la ville, je pense qu'un siècle d'alimentation sans protéine animale ne nous guérirait pas.

Cassien a conseillé une phrase talisman pour lutter contre les désirs inappropriés : « Mon Dieu, venez à mon aide, hâtez-vous, Seigneur, de me secourir. » On en fait ce qu'on en veut.

Moi, je ne suis pas tellement croyant, en réalité ma foi ressemble au paludisme, elle évolue par poussées, violentes, entrecoupées de très longues périodes sans symptômes. C'est ma formation de médecin qui m'a fait retenir la formule de Cassien, cette quinine religieuse. Il a affirmé qu'elle traitait toutes les tentations. Il savait de quoi il parlait, cet ascète. J'ai toujours cru aux panacées. Je suis persuadé que la création n'a pas oublié la substance qui guérit de tout. La pierre philosophale de la médecine existe. Avec un peu d'alchimie spirituelle, on doit la trouver. Elle est à portée.

Je regardais Violetta riante à quelques pas de moi. J'essayais de l'observer avec une joie simple, gratuite. Tout montait. Les pommettes, la ligne des yeux, de la bouche, des seins, des fesses. Elle désobéissait à Newton. Elle démentait sa loi maraîchère. Elle renvoyait la pomme à sa branche.

Avec Violetta, c'était le ciel qui attirait les corps. Attraction céleste.

— Où en es-tu sur le plan sexuel ?

Félix me raccompagne chez moi et recadre mes pensées.

— Qu'est-ce que tu veux dire par où en es-tu ?

— Motivation, résistance, performance.

— Tu veux dire à quel kilomètre j'en suis parce que tu en parles comme d'une course cycliste.

Il a l'air soucieux.

— Qu'est-ce que tu veux savoir exactement, Félix ?

— Ce que tu penses des médicaments.

Je réfléchis.

— Je ne suis pas sûr que Violetta attende que tu battes un record du monde, surtout dopé.

Félix se tait. Je vois à son air contrarié que je ne lui ai pas apporté les réponses nécessaires.

— Mais sur le plan médical, je risque quelque chose ?

— Priapisme.

— Priapisme ?

— Érection prolongée…

— Bien.

— … et douloureuse avec risque d'impuissance définitive.

— …

Silence méditatif.

— Et toi ?

— Moi, c'est calme.

— Mais en dehors d'Élisabeth ?

— Il n'y a pas d'en dehors d'Élisabeth.

L'appartement ressemble à un stade. Les enfants ont invité leurs amis et jouent au commando entre la cuisine et le salon. Il y a un blockhaus construit en chaises qui défend l'entrée de la salle de bains où un tube d'aspirine me désire. Thierry regarde la télévision avec des écouteurs qui diffusent le son dans la pièce comme des baffles. Madeleine près de la fenêtre l'observe avec cet air mauvais, qui est son air.

Invité surprise, Siméon, en conversation avec Élisabeth.

— Comment vas-tu, Antoine ?

Je vais.

Il me serre la main, comme à son habitude en me la broyant. La force est proportionnelle à l'affection qu'il veut montrer. Je suis convaincu qu'un jour il essaiera de m'embrasser.

C'est infect cette habitude que les hommes ont aujourd'hui de s'entrebaiser. J'ai un phobique qui m'a beaucoup appris sur le sujet. Il anticipait le contact lippu par un malaise vagal. Il perdait connaissance avant qu'on ne le touche. Vraiment. Des pertes de connaissance brutales, avec fractures compliquant ses chutes, comme un épileptique. Parallèlement à une prise en charge psychanalytique, je l'ai traité capillairement, en lui suggérant de se faire pousser la barbe, ce qui, quoi qu'on en pense, réduit les pulsions cutanéophiles.

Que fait-il là ?

Il.

Ce sinistre personnage planté sur la route de mon destin, comme une écharde.

Je cherche Ferdinand, coupable désigné des retours de Siméon, mais Ferdinand est attaché par les pieds à la porte de sa chambre et va être interrogé par son frère, profondément indifférent à la présence de son professeur principal.

— Un problème avec Ferdinand ?

— Pas du tout.

Élisabeth me résume la situation.

Siméon fait du théâtre à ses heures perdues. Il a monté une petite troupe, cherche quelqu'un pour un rôle féminin, ce quelqu'un est Élisabeth qui a toujours rêvé de faire du théâtre comme je le sais très bien.

Il y aura des répétitions à la maison une à deux fois par semaine. Personne ne devrait y voir d'inconvénient puisque tout le monde trouve que c'est une très bonne idée. Madeleine que j'avais oubliée partage l'avis de Siméon. Les enfants n'ont pas d'opinion sur la question et Thierry, suivant depuis le milieu de l'après-midi le cours du Dow Jones sur la chaîne boursière, a des préoccupations supérieures.

— Qu'en penses-tu, Antoine ?

— C'est une très bonne idée.

Texto de Lucienne : « il faut que je te parle ».

Moi aussi, il faut que je parle à quelqu'un.

Je bois. De la vodka.

Avantage des alcools blancs : les enfants les prennent pour de l'eau minérale. Vous pouvez donc boire tranquillement devant eux.

Je m'enivre. Sans empressement, mais avec rigueur. Personne ne fait attention à moi. Personne ne m'a demandé la moindre nouvelle de ma journée, mes malades, mes cours, mon existence. Il n'y a que la vodka qui a l'humeur dialogante. À l'écoute. Une marque polonaise, je précise.

La vodka me parle simplement au cœur. Elle accélère d'ailleurs ses pulsations. De manière irrégulière parfois, mais gentiment, sans douleur. Elle lui dit certainement quelque chose d'intime pour qu'il réponde avec autant d'émotion. Elle s'intéresse, elle le fait réagir. Elle lui donne un petit espace d'écoute, d'accueil, un temps d'apitoiement, si utile.

Et du cœur me viennent des humeurs, de compassion. Pour des souvenirs, de malades que j'ai négligés, pour les cœurs que j'ai plutôt ralentis, arrêtés une fois, en garde. Tous ces cœurs à qui je n'ai pas assez parlé, qui étaient pourtant venus pour m'entendre. Pour des mots. Encore aujourd'hui, tous ces malades qui viennent me voir, pour des mots et à qui je ne parle pas, comme il faut, au cœur. Le mot que la vodka enivre. Le cœur, le cœur, le cœur…

CHAPITRE VIII

La mémoire de Félix. Premier partiel. Marie-France

Les sept péchés capitaux. « Pô glacé ». Paresse, orgueil, gourmandise, luxure, avarice, colère, envie. Félix reste de glace. Condescendance.

— Si tu te souviens de tout, donne-moi la liste des évêques d'Alexandrie du IVe siècle.

Il me répond, serein :

— Sans problème. Je commence à la fin du IIIe pour être complet.

Bluff.

Félix déroule.

Je vérifie sur mes notes. Pas d'erreur.

Il s'interrompt à Georges de Cappadoce, pour une précision.

— Les évêques ariens et catholiques. Nous sommes d'accord ?

Je balbutie un « comme tu voudras ». Aucune hésitation. Les noms sont récités comme une fable de La Fontaine.

Deux solutions : une illumination mystique ou une antisèche implantée.

— Comment sais-tu tout cela ?

— J'étais en cours.

— Moi aussi, j'étais en cours.

Révélation de la Sorbonne. Félix a une mémoire. Puissante.

— Mais pourquoi tu ne me l'as jamais dit ?

— Parce que tu m'as toujours considéré comme un batracien.

Faux.

Mais confirmation que les amitiés les plus anciennes n'échappent pas à la règle. C'est à l'estime que poussent les relations humaines. Estime, dans le sens d'engrais. C'est le soleil vers lequel nous nous tournons tous. Tournesols à l'estime. Vulnérables là, au talon d'estime. Personne n'y échappe. C'est le point de cristal du forgeron, le millimètre de fragilité qu'il est seul à connaître, sa puissance sur l'épée du roi. Un coup sec, placé et Excalibur se brise. Nous sommes tous égaux au point d'estime, dans la sainte union des hommes cassables.

— Je ne t'ai jamais sous-estimé.

C'est moi qui me sous-estime. On m'a toujours éduqué dans un monde en forme d'échelle. Ce qui séparait les barreaux n'était ni l'argent, ni la réussite, ni la classe sociale, mais l'intelligence. Jugé sur le code impitoyable des capacités intellectuelles. Appel impossible et peines incompressibles. Dans le grand marché humain, mes parents collaient des étiquettes comme des commerçants. Le prix des hommes était exprimé en unités d'intelligence : supérieure, moyenne, inférieure, nulle.

Les étiquettes collaient profondément à la peau. Le corps prend des habitudes avec elles et finit par les accepter. Elles peuvent alors se transformer en boutures. Le jugement des autres se met à pousser, tumoralement. Il prend parfois toute la place, en branche au début puis en tronc, détournant vers lui les substances nutritives et l'eau. Il peut gagner tellement d'importance, qu'il vous déshydrate complètement, vous décharne.

Mon étiquette d'origine avait été « moyenne ». Je suis resté sur cette idée.

En sa compagnie, je n'ai pas osé faire ce qui m'intéressait dans la vie.

Je me suis dit que j'avais plus à perdre qu'à gagner en essayant de réaliser mes désirs et en n'y parvenant pas. Je n'ai donc jamais pris le risque de rater une rencontre avec mes rêves, je n'ai pas pris rendez-vous avec eux.

Je suis entré en médecine, parce que mon échec de médecin n'aurait eu aucune importance réelle pour moi. Toute la question est là, dans la valeur de l'échec, son cours sur le marché intérieur. Il peut varier avec le temps, mais pas trop. Spéculation inutile, la valeur accordée à notre échec de cœur ne se dévalue pas.

L'enseignement m'intéressait, à l'époque. J'y tenais. Je lui ai donc tourné le dos.

Je ne sous-estime pas Félix, j'ai peur de le perdre. Je maintiens cette illusion de hiérarchie intellectuelle en me disant qu'elle me valorise à ses yeux. S'il monte, je descends.

La perte de son estime est mon point de cristal.

— J'ai toujours eu du respect pour les batraciens.

— Ça me touche beaucoup.

Vir fortis. Fléchissez.

Fléchir en latin veut dire décliner. Fléchir est très adapté. On ne va pas horizontalement du nominatif à l'ablatif, on se courbe sous la difficulté croissante, on fléchit.

Le nominatif, tout le monde le trouve. À partir du génitif, le latin commence à peser, physiquement, sur vos épaules. Il vous appuie dessus.

Virum fortem. Accusatif.

Premier partiel du semestre. Latin. Première surprise, Félix ne s'installe pas à mes côtés. Je connais son niveau de base en langues, qui échappe aux mesures.

Il n'a pas choisi la solitude. Je l'aperçois difficilement dans le bouquet d'étudiants qui l'enveloppe. Il a Violetta à sa droite et, à sa gauche, un Italien, ami récent, qui, d'après mes sources, a été élevé à l'antique, à Rome, par son père, professeur agrégé de latin, auteur d'un livre critique sur la prose un peu relâchée de Cicéron. Ce garçon ne parle pas latin. Il pense latin. Il peut parler d'économie en latin, soutenir une conversation sur le cours du pétrole en latin.

Viro forti. Datif.

Je regarde Félix, dans le silence de l'amphithéâtre, retrouver ses réflexes de copiste. Le regard plongeant désaxé par rapport à la verticale du corps. Une verticale qui se courbe avec les minutes, sur la tangente des épaules du voisin de devant, tenu en bouclier. Le professeur peu soupçonneux ne cherche pas derrière les écrans des premiers rangs à approfondir les mystères. La main de Félix écrit anormalement vite. Je progresse douloureusement.

Viro forte. Ablatif.

Je le vois de loin passer d'un exercice à l'autre, de Catilina à Pline le Jeune. Léger comme une flamme. Il s'agit bien de cela, allumer un feu romain, avec un briquet de son côté, et avec deux silex du mien.

Fin d'épreuve. Félix rayonne et m'interroge.

— Ça a marché ?

La pudeur ne l'étouffe pas.

— Moyen, et toi ?

— Ça va. J'ai eu un peu de mal sur la dernière phrase du thème.

— Une poussière dans l'œil ?

Son ami italien vient nous rejoindre.

— Je te présente Luchino Bontempi.

Je suis très heureux. Je rencontre la muse romaine de mon ami poète. Il ressemble d'ailleurs à l'adolescent de *Mort à Venise*, qui bouche la dernière coronaire du vieux lubrique sur la plage du Lido. Sinistre navet.

Il m'invite à Rome quand nous voudrons. Félix veut. Il nous serre chaleureusement la main, nous parle chaleureusement, nous quitte chaleureusement.

— Sympathique, non ?

Non.

— Tu imagines un petit week-end à Rome ?

Pas du tout. Je n'imagine pas de petits week-ends. Je n'imagine plus rien de petit. C'est agaçant ce tic du « petit » devant les noms.

Félix revient sur le partiel, pour comparer nos réponses.

— Tu aimes le latin, maintenant ?

— Oui, c'est une langue… Je cherche le qualificatif…

— Morte. Il y a trois mois tu croyais que Cicéron était un général grec qui s'était battu aux Thermopyles.

— On ne dit pas Cicéron, on dit Cicero.

— Tu croyais que « Cicero » était grec. T'as quelque chose à dire à cela ?

— *Ciceronem*. C'est une proposition infinitive. On l'utilise après « tu pensais que… », « tu croyais que… ». Sujet à l'accusatif : *Ciceronem* et non *Cicero*. T'as quelque chose à dire à cela ?

— Oui. Ta gueule.

Retour à mon cabinet. Lutte contre la démotivation. Je crois que ma secrétaire me déteste. C'est une femme malheureuse et résistante. Une rafale de maladies graves à noms barbares n'a pas eu raison d'elle. Maladie de Crohn. Thyroïdite de Hashimoto. Cardiomyopathie non obstructive. Du lourd.

Marie-France. Blonde, grande, sèche, avec des lunettes carrées à fond jaune, aimable comme une surveillante de bloc opératoire.

Qualité : paratonnerre. À catastrophes. Dernière en date, découverte d'un mélanome.

Les mélancoliques s'aggravent à son contact, les anxieux se reposent. Depuis mon inscription à la Sorbonne, j'ai renforcé son antipathie à mon égard, au-delà de son antipathie de base à l'égard du genre humain qui m'incluait déjà. Mes cours à horaire variable lui ont fourni un surcroît de travail pour adapter mon emploi du temps qu'elle croyait avoir minéralisé. Elle est donc entrée en résistance. Air ostensiblement désapprobateur, soupirs, et coups de force. Je la soupçonne de prendre volontairement des rendez-vous pendant mes heures de cours pour me brouiller avec l'ensemble de mes correspondants.

Qu'importe. Je garde Marie-France envers et contre elle.

Car, je le vois, danser, au-dessus de nos têtes, le mélanome avec ses métastases, hésiter entre Marie-France et moi, passer de l'un à l'autre, nous renifler, nous comparer comme deux plats du jour sur un menu. Et finalement choisir. Marie-France. Comme toujours.

Je pense que les maladies prennent conseil, dans le monde invisible, débattent entre elles, échangent leur expérience et jugent leurs hôtes. À la qualité de l'accueil. Marie-France est dans les guides pathologiques. Recommandée. Étoilée. J'ai le sentiment que je ne survivrais pas à son licenciement.

Monsieur Rivière.

— Comment allez-vous, docteur ?

C'est très rare un patient qui s'inquiète de votre santé, en consultation. Antoine Rivière s'inquiète.

Les malades vous ignorent positivement en règle générale. Vous pouvez agoniser devant eux, ils vous trouveront tout au plus un peu plus pâle que d'habitude. Ils vous jugeront capable, un pied dans la tombe, de les écouter encore. Ils prendront vos dernières forces pour l'examen de leur corps troublé, ils vous feront mourir en scène, à la Molière, sur l'estrade de leurs douleurs abdominales, le jardin de leur gène thoracique, la cour de leurs tremblements. Le malade n'est jamais inquiet pour l'avenir de son médecin. Il le guérit de tous ses maux, d'un coup de baguette d'indifférence. Pas définitivement. Juste le temps d'utilisation.

Antoine Rivière est délicat. Il écoute avec intérêt l'histoire de mes déceptions et de mes chagrins. L'injustice de ce partiel de latin assisté. Ma mémoire défaillante. Luchino, le Judas italien. Siméon, le taon.

Au cours de la conversation, je lui demande, par automatisme, des nouvelles de ses ponts qui justifient sa présence dans mon cabinet. Il me répond que nous verrons cela plus tard et me prie de revenir sur mes difficultés intimes, mes ponts psychiques que je n'arrive plus du tout à franchir.

Le traitement de la phobie du passage est bien codifié. Le principe est l'immersion. D'abord virtuelle.

Mise en condition. Vous êtes à l'entrée du pont. Un pont suspendu, avec un vide de trois cents mètres au-dessous de vous. Vous êtes détendu. Le pont vous permet de franchir le vide. C'est le pont ou le vide.

Seconde étape. Concrète.

Le médecin dévoué accompagne le malade, sur un vrai pont.

Antoine Rivière est resté au stade virtuel, avec une crise d'angoisse sévère au mot « suspendu ». Je ne sais pas s'il est l'interlocuteur idéal, mais il faut que quelqu'un m'accompagne, pour la traversée de mes passerelles intérieures. Quelqu'un d'étranger à mon quotidien, à moi-même.

Pour le traitement de fond des phobiques, je fournis une cassette où ma voix décline des paroles rassurantes, des images mentales, de ponts fleuris, de ponts bleus, de ponts inutiles, tendus le long d'un chemin comme des rampes. Je travaille l'imagination, avec l'aide d'Émile Coué, en pensant qu'elle finira par peser sur la réalité.

Pour mon cas, j'imagine des soirées détendues avec Élisabeth, invitante, dépensière, des dîners sans urgence, avec au dessert des demandes lascives, venant d'elle, balbutiante de désir, des enfants indépendants, heureux, surdoués, avec un mois de devoirs d'avance, qui ne demanderaient jamais rien pour survivre, une agrégation d'histoire livrée sous les applaudissements du jury, une fracture du crâne pour Monsieur Siméon. Étape virtuelle.

En réalité, j'ai le sentiment que la construction des ponts sur lesquels je m'engage n'est pas finie. Si je veux traverser, je dois consolider les derniers mètres. Je ne traverse rien sans participation.

Cassette de fluidité, d'écoulement rapide, de flux.

En me retrouvant seul, à mon bureau, je médite la question que je pose quotidiennement à tout patient suffisamment névrosé pour l'entendre : « Au fond, que désirez-vous vraiment ? »

Marie-France interrompt ma recherche de réponse. Avec sa voix coupante comme un scalpel qui ranime des souvenirs d'enfance de médecine, au vert paradis des tables de dissection.

— Je vais demander un arrêt de travail.

— Pour quoi faire ?

— Pour soigner mon cancer.

— Bien sûr.

Je suggère néanmoins un dermatologue géographiquement proche et précise que sur le plan psychologique le repos est un facteur d'aggravation, prouvé, des tensions nerveuses post-traumatiques. Je ne sais pas quel est le diamètre de la cible que nous occupons, Marie-France et moi, pour le tir des mitoses, mais je sais qu'il faut rester groupé.

J'ai toujours eu ce défaut de ne pas prendre au sérieux les maladies mortelles. Ce qui est très souvent mal compris. Je compatis pour une grippe, mais le cancer dépasse ma compassion. Je ne sais pas comment font les autres, les touchés. C'est une question de cœur, comme toujours, de grand cœur. Un grand cœur... Il n'y a pas de cœur assez grand pour la mort.

La compassion pour les drames trahit son étymologie. Elle ne rassemble pas autour de la souffrance, elle extrait, elle centrifuge. On devrait parler d'« expassion ». On ne partage pas les tragédies par l'émotion, on les regarde en pleurant, des gradins. On ne peut pas affirmer que l'on est bienveillant, on peut seulement montrer qu'on est bon public.

« Ne demande jamais pour qui sonne le glas, car il sonne toujours pour toi… » C'est l'idée. La mort de mon prochain anticipe la mienne, très matériellement, elle se partage, vient prophétiser à chacune de mes cellules leur extinction à venir.

Les touchés par le malheur de l'autre ont une vision hypertrophiée de l'altérité. Ils ne s'identifient pas vraiment à l'espèce mortelle qu'ils trouvent finalement très différente de la leur. Ceux qui se reconnaissent le moins sont les plus altruistes. Faux amis.

J'ai rencontré beaucoup de bruiteurs en générosité, à l'hôpital, autour de patients condamnés. Les guérisons surprises les déçoivent un peu. Elles leur enlèvent leur mobile de compassion.

Moi, je ne me sens pas si loin de Marie-France. La petite avance qu'elle prend sur le chemin du cimetière n'est qu'une miette de temps. Pour le bec d'un oiseau. D'un pinson. À la place de « je compatis », j'ai plutôt envie de lui dire « j'arrive » et je laisse le reste à Dieu.

À lui seul. Le grand pinson.

Chapitre IX

Lucienne lucide. Venise

— Antoine ?

Lucienne.

— C'est Luce. Tu devais me rappeler.

Rendez-vous ce soir. J'ai essayé de retarder, mais elle connaît mon emploi du temps. Elle passe me prendre.

Bar au pied du cabinet où je ne vais jamais qu'en reculant.

Elle décrit. Pathologie de couple. Symptômes habituels : retours tardifs, travail relâché, notes de téléphone, mensonges moins travaillés.

— Tu n'as aucune raison de t'inquiéter.

— Je ne m'inquiète pas pour moi. Je m'inquiète pour le restaurant.

Je retrouve Lucienne.

— Il m'a dit qu'il comptait ouvrir une pizzeria à Venise, avec un ami italien.

Luchino. Lucifer. Le plus bel ange de la création. Déchu mais joli. Le plus beau donc le plus mauvais, subtilité biblique. Bref, Lucienne ne pense qu'à l'argent.

— Antoine, si Félix s'en va, le restaurant coule et moi avec. Je sais qu'il a quelqu'un dans sa vie et ça m'est égal. Mon avenir sans lui, je me suis déjà entraînée pour. Mais j'ai besoin du reste.

Suis-je capable de dire une phrase sincère à Lucienne ?

— Tu pourrais peut-être ajouter un zeste d'affection.

Tous les tartares que j'ai payés le long des vendredis rue d'Alésia me soutiennent, en escorte rancunière. Mais Lucienne n'est plus exactement la même.

— De l'affection ? Ça fait vingt ans que ton Peter Pan court après toutes les filles qui passent à sa portée. Je sais ce que tu penses de moi, mais je me sens un peu seule avec l'ami des autres, avec l'ami de tout le monde. Elles sont belles, vos grandes amitiés, mais elles n'accueillent personne. Tu crois que je l'aime pour son argent ? Tu te trompes, je ne l'aime plus.

Luce attend un commentaire. Je n'ai pas de commentaire.

— Pourquoi me dis-tu tout cela ?

— Parce que tu peux comprendre. On a des points communs.

On ne se trompe jamais en disant cela. C'est un écueil existentiel, le point commun avec l'autre, qui devrait conduire à la plus grande humilité ou à la plus profonde dépression.

— J'ai déjà refait ma vie, Antoine, depuis longtemps. J'ai cessé de rire aux blagues de Félix. J'ai perdu mon humour. Comme toi.

— Qui t'a dit que j'avais perdu mon humour ?

— Élisabeth m'en a parlé.

Douleur exquise. Le doigt sur la plaie. Luce n'appuie pas, elle résume sa situation.

— J'ai trois filles, vingt kilos de trop et cinquante ans.

— Tu ne les fais pas.

Si, elle les fait. Moi aussi d'ailleurs. Tout le monde fait son âge.

C'est idiot, ce réflexe de prétendre le contraire. Comme si le choix était possible. C'est plutôt défaire qu'il faudrait dire. On défait l'âge qu'on a eu, son enfance, sa jeunesse, plus ou moins esthétiquement.

Faire dépasse largement nos compétences. Défaire, c'est humain.

Je ne me sens plus aussi fringant qu'en début de conversation. Marie-France me manque. Elle est censée ne pas s'éloigner de moi trop longtemps. Elle saurait détourner le poids de Lucienne, le dévier sur elle, pour le subir, en matière d'écrasement.

J'essaie de rompre le silence.

Il y a un recours verbal au vide de l'imagination, qui trouve toujours sa place :

— Je suis désolé.

Luce me demande d'intervenir pour elle, contre Luchino. Je m'y engage. En me quittant, elle ajoute :

— Pour les points communs, je voulais dire que toi aussi, tu n'avais pas seulement ce genre de préoccupations.

— C'est-à-dire ?

— Séductrices. Son obsession. Tu ne cherches pas à séduire.

— Ah bon ?

— Oui, et c'est positif. Tu comprends ce que je veux dire…

Je comprends très bien.

Retour à la maison. Urgent. Dialogue avec mon frère dont j'interromps les calculs.

— Est-ce que tu me trouves attirant ?

— Je te demande pardon ?

— Lucienne vient de me dire que j'étais aussi séduisant qu'un poisson mort.

Thierry me demande une seconde pour finir une opération monétaire qui impose un effort mathématique sur mon ordinateur. Ordinateur qu'il a spontanément transféré de mon bureau à sa chambre pour ne pas me déranger et dont il a modifié les programmes pour l'améliorer. Amélioration qui le rend maintenant inutilisable pour les tâches humbles mais quotidiennes que je lui demandais avant son intervention.

— Comment tu me trouves ?

— Comment ça ?

— Comment tu me trouves ?

— Je ne sais pas. Normal.

— Tu veux dire normal sans intérêt ?

— J'en sais rien, je suis ton frère, je te regarde sans jugement.

Sans jugement. Personne ne passe une minute hors de lui-même sans la protection d'un jugement.

— Tu n'as qu'à me regarder comme un bilan de société. Tu regardes tout comme ça, en essayant de prévoir les cours des choses et des gens sur ton petit marché intérieur. Si tu n'as pas d'idées, tu as au moins un pronostic.

— Il n'y a pas de quoi se mettre dans cet état parce que la femme de ton copain ne te trouve pas irrésistible.

— Ce n'est absolument pas la question. Et d'ailleurs est-ce que tu pourrais me rendre mon pyjama ?

— Je ne vois pas le rapport.

Je claque la porte de ma chambre et pars m'enfermer dans le silence de mon bureau.

Règle : il ne faut jamais accorder sa confiance à un homme qui aime Venise. Ou, un homme qui déteste Venise ne peut pas être foncièrement mauvais. C'est une mesure très sûre. Un Rorschach sans risque d'interprétation erronée. L'homme qui aime Venise est un mort dont il faut s'écarter sous peine de contamination. Il n'y a plus rien dans cette ville que des tréteaux pour l'accueil des cadavres. On n'y marche pas, on y danse, macabrement d'une ruine à l'autre, d'un mensonge à l'autre.

C'est beau Venise ? Bien sûr, mais ce n'est pas une excuse. Les pyramides aussi sont belles, mais ce sont des tombeaux. Vides, au moins.

Ce ne sont pas des touristes que vous voyez bourdonner dans les rues marines, mais des mouches bleues qui viennent s'alimenter. Des Charon sarcastiques leur font traverser les canaux, dans leurs barques-gondoles, ils leur arrachent les pièces qu'ils tiennent, sans savoir, entre leurs dents. Venise-Perséphone, la reine des morts, la ville la moins romantique du monde.

D'ailleurs les vieillards pullulent. Ils se rassemblent pour y radoter artistiquement et mettre leur agonie entre parenthèses culturelles. Foire aux impressions faciles, aux sentiments faciles, aux émerveillements faciles. Ils reconnaissent les amoureux accrochés par les épaules qui, c'est vrai, leur ressemblent comme des frères. Les couples vieillissent sur la lagune. Ils perdent leur innocence et leur fraîcheur parce qu'ils sont là par intérêt. Non pas pour célébrer leur grande affection mais pour la naturaliser. Les jeunes mariés qui vont rêvant sont des taxidermistes. Ils anticipent la déchéance de leur amour et viennent l'empailler, préventivement, comme un faisan.

Il n'y a que les groupes de Japonais qui sont en phase avec Venise, ils la photographient sans la regarder. Ce sont eux les vrais Vénitiens.

La pizza de Luchino ne pouvait pas être ailleurs.

— Tu viendras à Venise, si j'y suis ?

— Non.

— Mais si, tu viendras.

J'ai accepté une sortie ce soir avec Félix et ses nouveaux amis. On parlera de la faculté et des examens. Je ne parlerai pas de grand-chose. Je le sais déjà.

En marchant sans impatience vers le rendez-vous, je pense au dernier cours de latin, aux pièges que tend la langue. Les tournures infinitives, les ablatifs absolus et les verbes déponents.

Les verbes déponents ont une forme passive et un sens actif. Ils désignent une action qui s'exerce sur soi, pas sur autrui, comme mourir.

Je regarde Félix marcher à mes côtés, en silence. Je sais qu'il ne partira jamais en Italie, qu'il ne vendra pas le restaurant et qu'il ne quittera pas Lucienne. Nous sommes des hommes à forme passive. Des hommes déponents. Qui ont peur des actes, qui ne savent agir que sur eux-mêmes, sans créer d'onde autour. Ils sont en foule nos compagnons d'immobilité apparente. Dans leurs pensées, dans leurs rêves, ils ont un pouvoir de faire. En creusant leur surface pétrifiée, on trouve du mouvement, de la vie et du bruit. Le bruit imperceptible des particules virtuelles qui traversent les vides les plus profonds. Et tous les silences. Les silences des hommes déponents, qui chuchotent entre eux, des projets d'action.

CHAPITRE X

Mes enfants, mon frère et Marie Curie

— J'ai toujours trouvé Marie Curie surestimée.
— Elle a quand même découvert la radioactivité.
— Justement, il n'y a pas de quoi se vanter.

Marie Curie, née Marie Sklodowska, en 1867, à Varsovie.

Je demande à Madeleine de ne pas intervenir lorsque je fais travailler Ferdinand. Exposé sur les grands scientifiques du XXe siècle donné aux élèves de CM2 par Siméon. Son ombre s'étend dans ma vie, couvrante, des devoirs de Louis et de Ferdinand à ceux d'Élisabeth qui les néglige pour la préparation de sa pièce de théâtre. Répétition ce soir, dont malheureusement Madeleine n'a pas été avertie. Madeleine est donc à son poste quotidien entre 18 heures et une heure variable, toujours trop tardive, que j'essaie d'accélérer à coups de valses de Chopin qu'elle feint de ne pas entendre.

Je passe à Einstein. Siméon a demandé un poster avec des coloriages et des documents photo à rechercher sur internet désormais inaccessible, grâce aux améliorations de mon frère. Depuis une heure, je désosse mon dictionnaire à coups de ciseaux pour découper les portraits de nos génies disparus.

— Pourquoi est-ce qu'on ne peut pas aller plus vite que la lumière ?

— Je ne sais pas, Ferdinand, c'est Einstein qui l'a démontré. C'est très compliqué à expliquer. Je crois qu'on peut lui faire confiance.

Une voix du fond de la pièce :

— Voire.

Thierry est là. Ramassé au fond de mon fauteuil préféré. Invisible mais là. Une pile de journaux monte en zigzag, sur la table réquisitionnée. Presse internationale. Le pot où j'aimais voir verdir une plante verte est devenu une trousse. Avec des machines à calculer, des règles, des compas, pour les graphiques financiers. Ma plante est dans la cuisine, près d'une fenêtre où, « je ne peux pas dire le contraire », elle n'a jamais été aussi bien.

— Oui, Thierry ?

— J'ai dit voire. V.O.I.R.E.

Je crois qu'ils forment un commando avec Madeleine. Avec un objectif à détruire. Mes nerfs.

— Tu n'es pas d'accord avec Einstein ?

— Je ne suis pas d'accord avec les murs. Je ne vois pas pourquoi il est totalement exclu qu'on ne puisse pas aller plus vite que la lumière. Je ne dis pas beaucoup plus vite, mais un peu. Je ne vois pas bien ce qu'un ou deux mètres par seconde de plus feraient comme différence. Personne ne s'en rendrait compte.

— On va aller dans la chambre de Louis, Ferdinand, et laisser ton oncle et ta grand-mère se reposer.

Le travail des enfants est pour le père et la mère une de ces corvées sournoises qui se cachent, comme un impôt indirect. Une taxe qui double les prix mais qui ne s'affiche pas. Elle est si bien incorporée qu'on ne pense pas à se plaindre, d'ailleurs nous n'en avons pas l'autorisation. La participation au travail des enfants est sur le cahier des charges du bon éducateur, en première ligne. Et, il faut les traverser ces grands espaces grammaticaux sans oasis, vous en avion, eux en espadrilles, et les attendre, d'un imparfait raté à un infinitif sans *r*. C'est long, l'orthographe. C'est amer ces gouttes de quotidien dans la tasse des grandes passions. On nous dit que l'amour devrait être suffisant pour les tirer avec le sourire, nos boulets incultes. Mais non. On voudrait qu'ils l'aient naturellement le savoir, qu'on n'ait à travailler que les finitions, les accents, les virgules. Mais rien, les enfants ne savent rien et vous confient affectueusement la pierre de leur ignorance pour qu'on la taille, à la sueur de son front. Vous pouvez toujours essayer de diriger vers un autre, le rendez-vous est pris avec vous. Ferme. Le moment viendra où vous serez seul devant la dictée lamentable, la division à un chiffre ratée, la perpendiculaire oblique. Déformation médicale peut-être, mais j'aurais bien envie de l'administrer en parentérale, le savoir, en intraveineuse directe pour accélérer les choses. Une ampoule de potassium culturel pour euthanasier l'ignorance. Sans état d'âme.

— « Elle est allée porter… »

— Réfléchis, Ferdinand.

— …

— Vendre ou vendu ? « Elle est allée… »

— Vendre.

— Donc ?

— Donc, *re*.

Il y a une fatigue particulière à la vie familiale. Difficile à communiquer. On peut chercher des images pour se faire comprendre. Moi, je pense au vingt et unième kilomètre du marathon, quand un suiveur rassure le coureur en lui annonçant qu'il lui reste seulement à parcourir la distance qu'il a déjà parcourue. Chez le stomatologue aussi, pour la chirurgie de la gencive décollée par le vieillissement, quand après la sixième anesthésie et l'entame de la deuxième heure, l'assistante vous précise que c'est un bon début. Ce sont des images.

J'aime les enfants comme les martyrs aimaient Jésus, sous l'Empire romain. En prenant des risques. Je les aime sans arrière-pensée, avec conviction, avec foi, mais avec quand même l'idée que ça va me coûter très cher. Je les vois comme des verres de cristal posés sur un plateau que je porte. Je fais dépendre leur avenir de ma capacité à ne pas les faire choir. Or je tremble. De plus en plus avec le temps, ce qui m'angoisse au-delà du possible. J'essaie de travailler sur moi, par la respiration, d'écarter la vision des deux verres qui tanguent à cause de ma houle. J'inspire avec le ventre, un flux d'idées positives, j'expire le gaz anxieux. Ça ne marche pas du tout. Je finis par leur en vouloir. J'ai l'affection infectée de responsabilité.

La contamination de l'amour par la responsabilité se traite mal. Elle est difficile à extirper comme le staphylocoque dans l'os. C'est torpide, résistant, il faut avaler des cachets pendant des années, amputer parfois.

Le poids de mon amour contre le poids de ma responsabilité. Deux sumos. Jamais lassés, tout en graisse, en force pure, qui combattent éternellement sur mon ring intérieur.

Élisabeth me dit souvent à quel point l'image du père est importante. Elle ne m'aide pas. Elle administre des stéroïdes à mes sumos. Elle stimule leur agressivité.

L'historique de l'image paternelle est une de ses spécialités. Je sais tout du père hittite, du patriarche sumérien, du petit pharaon égyptien au sommet de la pyramide familiale. Au sommet. Voilà l'erreur. Les femmes nous accompagnent là-haut. De leurs conseils. De leur affection. Elles restent un peu en deçà. Le seul compagnon fidèle du père, là-haut, c'est le vertige. Un peu en deçà, sur l'échelle de la responsabilité, c'est le grand espace de liberté de la mère. Élisabeth l'occupe en assumant très bien ma solitude.

En expliquant l'accord du participe passé à Ferdinand pour la douzième fois en douze jours, je pense à la seule vraie question que Jésus pose à Pierre. M'aimes-tu ?

Pierre est vraiment très mauvais en responsabilité. Il trahit trois fois, très vite, à la première occasion. Jésus a complètement raté son éducation. Mais il ne se remet pas en question. Il ne regrette pas d'avoir bâti son église sur un cancre. La réussite de sa paternité ne passe pas par la réussite de son éducation. Leçon d'amour irresponsable. J'essaie de la retenir. Auprès de mes enfants, je passe en boucle, quand les sueurs viennent, le « M'aimes-tu ? » du Christ.

— Va réciter ça à ta grand-mère.

« Le pont Mirabeau ».

— Tu dis que c'est de Guillaume Kostrowitsky.

Louis.

— Il était polonais Apollinaire ?

— Mi-polonais, mi-italien. Ce sera suffisant pour ta grand-mère.

22 heures. Elle a résisté aux valses, au « Pont Mirabeau », à la radioactivité. Elle remarque que les enfants n'ont pas encore dîné. Elle propose ses services, qu'il faut traduire par « Je ne partirai plus ». Thierry s'est fait un plateau. Nous sommes face à face, enfin pas exactement, au bout de deux droites qui forment un angle. Madeleine regarde par la fenêtre. Chacun à une extrémité de la table, nous mangeons vite.

— Je ne sais pas si c'est bon pour eux.

— Quoi ?

— Lui.

Lui, c'est Thierry qui a fait retraite dans ma chambre. C'est mon frère. Il a le profil parfait du boulet qu'on traîne à sa cheville familiale gonflée par l'effort, c'est vrai. Il ne fera jamais fortune, il ne fera jamais rien. Ce sont ses écrans qui finiront par le regarder et taper sur son clavier intérieur des chiffres jamais très supérieurs à 0. Mais il se trouve que sans lui, je ne serais pas là.

— C'est lui qui m'a élevé.

— Thierry ?

Madeleine surprise. Première victoire.

— Oui. Thierry.

J'ai un message de lui. Je l'ai gardé. « Je reviens », écrit au crayon, mal.

Thierry est un droitier contrarié.

Notre père était neurologue. Spécialiste de la latérisation hémisphérique. Il pensait que les gauchers étaient avantagés dans la sélection naturelle darwinienne. Trois centièmes de seconde de gagnés sur chaque geste. L'influx évitant le détour par le corps calleux. On le croyait sur parole. En multipliant par le temps moyen d'une vie, on obtenait un gain de neuf mois. Le temps d'une naissance. Mon père a donc rendu Thierry gaucher. En lui attachant la main droite quand il était petit pour lui apprendre à écrire de la gauche. Il est parti de la maison à dix-huit ans mais il est revenu deux ans plus tard, à la mort de nos parents, pour me chercher. Il a tenu parole.

Les enfants nous embrassent pour la nuit. Madeleine souligne du doigt les cernes autour des yeux écarquillés de mes deux insomniaques. « Ces enfants se couchent trop tard. »

C'est elle qui se couche trop tard. Elle paraît fatiguée, chancelante sur le fil de son âge. Elle a maigri aussi. En réalité, elle a vieilli d'un coup. Entre hier et aujourd'hui. Comme on vieillit. Brusquement. Par crans. Je n'en retire aucune joie, je n'ai rien contre Madeleine en vérité, rien de cruel. Je sais que la vie a été plutôt narquoise avec elle. Des bougies de déception amoureuse, de trahison, de solitude s'allument chaque année, pour fêter des anniversaires sinistres. En se moquant. Des bougies qu'on souffle mais qui ne s'éteignent pas. Des bougies blagues.

— Je peux te poser une question ?

Retour de Thierry, le cheveu ébouriffé. Mon peignoir ouvert sur son torse glabre. Madeleine écarte les enfants en prenant l'air d'une sainte menacée par un centurion. Les enfants veulent voir la suite, elle les escorte dans leur chambre, après un regard en forme de croix sur l'antéchrist.

— Je te pose la question. Est-ce que tu crois que je vais mourir ?

— Tu veux dire dans l'immédiat ?

— Non, dans l'absolu.

— Il y a quand même de fortes chances, Thierry. Je suis désolé.

— Qu'est-ce qui te permet de l'affirmer ?

Diversion.

— Tu vas bien en ce moment ?

— Réponds.

— Ce qui me permet de l'affirmer ? Rien, un pressentiment.

— Sérieusement.

— Je ne sais pas. Parce que tu es un être humain, par exemple, et qu'un être humain meurt en principe.

— Donc, ma survie à long terme te semble tout à fait exclue.

— Non, tu peux hiberner ou consulter un psychiatre.

— Ce que je veux te démontrer, c'est la difficulté pour nous de critiquer nos certitudes, nos murs.

Bonne nouvelle. Le mur de la mort est troué comme un gruyère.

— Démonstration. Imaginons que tu vives dans un casino, particulier, disons exotique, comme les particules qui ne font pas ce qu'on attend d'elles. Tu restes pendant vingt ans devant la roulette. Tu joues toutes les dix minutes. En vingt ans, le rouge sort systématiquement. La probabilité est infime, mais tu ne peux pas me dire qu'elle est nulle. Tes enfants naissent dans ce casino et voient le rouge comme seule couleur choisie par la boule, en permanence, tous les jours de leur vie. Quelle sera leur conclusion ? Que le noir ne peut pas sortir. Le mur de leur conviction sera inébranlable, construit avec les briques d'une expérience inlassablement recommencée et donnant toujours le même résultat. Donc je reformule ma question : est-ce que tu crois que je vais mourir ?

— Je ne sais pas, Thierry…

— Bonne réponse.

— … si je vais pouvoir te supporter très longtemps.

— Pense à mon casino exotique quand tu fais travailler tes enfants.

Il va falloir me laisser, maintenant. J'ai un premier examen de Moyen Âge dans cinq jours. Le XIVe siècle.

Un siècle en phase avec mon humeur. Rien de bien grave, une peste noire en 1348 qui décime 1 Européen sur 3, la guerre de Cent Ans et nos Waterloo ridicules, trois batailles à apprendre en baissant la tête, Crécy 1346, Poitiers 1356, puis Azincourt 1415. Des pâtées. Les mêmes à chaque fois, comme dans un film de propagande antifrançaise. D'un côté, la cavalerie des empanachés, pas encore bleu-blanc-rouge, qui veulent recouvrir de gloire leur armure recouverte de boue. Car, à cette époque, il fait un temps d'Anglais partout chez nous. De l'autre, ceux qui vont les ratatiner. Les chevaliers chargent comme des bisons, avant le signal, en écrasant les fantassins devant qui font partie de leur équipe. Les Anglais les attendent, tranquilles, en prenant le thé, sur une hauteur avec des arcs et des flèches. Les Anglais tirent, les Français tombent. Deux fois de suite en dix ans avec une grande reprise cinquante ans plus tard. Rien n'y fait, le chevalier français ne comprend le message de la flèche anglaise que quand il en est transpercé. Le XIVe siècle est une leçon d'humilité extrêmement difficile à supporter pour un patriote.

Fin de siècle. Révolte dans les campagnes, Jacquerie. Les Jacques après Poitiers mettent en broche un châtelain et forcent sa femme à le dévorer. L'horreur est un auxiliaire très sûr de la mémoire. Le sang aide à l'encodage, mais j'ai le sentiment que je suis trop centré sur l'événementiel sinistre en histoire. Hors des cimetières, j'ai des trous.

Élisabeth est revenue et va repartir coucher sa mère qui se méfie des taxis la nuit. J'essaie de me concentrer.

— Alors ?

— Alors, merveilleux.

— Quoi ?

— La pièce, l'ambiance. J'ai l'impression de revivre.

— Tu étais morte ?

— Tu sais ce que le théâtre représente pour moi.

— Et Siméon ?

— Quoi, Siméon ?

— Tu lui as parlé de Ferdinand ?

— Non.

Silence.

— Tu sais qu'il gagne à être connu.

On ne dit jamais l'inverse, qu'on perd à être connu. C'est pourtant vrai de tout le monde.

CHAPITRE XI
Nuit d'urgence

Coup de téléphone. 1 heure du matin. Lucienne.

Félix s'est ouvert l'avant-bras sur cinq centimètres en sabrant une bouteille de champagne. À la santé de ses nouveaux amis. Justice. La bouteille a explosé dans sa main comme une grenade, les éclats ont épargné Violetta et Luchino qui a perdu connaissance en recevant une gerbe de sang de son élève. Embarquement à Saint-Antoine. Alain nous attend.

Alain est mon ami de cœur de médecine et plus que ça. Une amitié chronique, qui dure depuis des années avec des rechutes régulières de tendresse.

Je l'ai eu comme patient un temps. Alain est médecin, donc névrosé.

Névrose d'Alain : l'agoraphobie. Il n'est heureux qu'enfermé. Si possible dans un espace assez réduit que son regard peut explorer tout entier. Il supporte les couloirs de l'Assistance publique s'ils sont droits.

Une courbe déclenche un accès de tachycardie.

C'est un grand chirurgien, orthopédiste, professeur. Il opère dans le bloc C du service, en principe réservé aux internes et surnommé le placard. Son art s'y développe en qualité inversement proportionnelle à la surface du lieu.

Les surveillantes essaient en vain de l'attirer vers le prestigieux bloc A que l'on fait visiter aux touristes politiques, mais les mètres carrés sont des ennemis qu'il voit matériellement, comme des germes à l'origine de graves infections nosocomiales touchant électivement les soignants.

J'ai échoué dans mes manœuvres d'immersion en l'emmenant un jour par surprise aux Galeries Lafayette, ce qu'il ne m'a jamais pardonné.

Alain est là. Comme toujours. C'est à l'hôpital qu'il fleurit. Sur le modèle des plantes. Il photosynthétise l'air hospitalier, filtrant bien les miasmes formolés et les gaz lourds de l'atmosphère. Il produit sur place son oxygène et ses substances nutritives qu'il ne partage avec personne, don qui le rend presque autonome dans ce monde de blouses marqué par la dépendance. Sa femme, charmante Anne, le voit quelquefois et parvient à le faire sortir de l'hôpital, quand elle ne lui promet pas trop d'espace.

Complication imprévue. Plâtre sur la main d'Alain.

— Qu'est-ce qui t'arrive ?

— Fracture du pouce, en tirant sur une prothèse.

Orthopédie, spécialité subtile.

— Depuis quand ?

— Hier.

Il examine rapidement l'avant-bras de Félix, dont le restaurant est devenu sa cantine.

— C'est rien, il y a quatre points à mettre. Je t'envoie à l'interne.

Coup de téléphone aux urgences. Il interroge.

— Qui est l'interne de garde ?

Une réponse, que nous ne percevons pas, Félix et moi.

— Ah.

Alain a l'air contrarié. Je demande des précisions. Il précise.

— C'est Mougin.

Cela ne dissipe pas tout à fait le brouillard dans lequel nous sommes entrés depuis le franchissement du porche de Saint-Antoine et qui s'épaissit. Je hasarde :

— Qui est Mougin ?

— Un bon interne… Disons…

Disons…

— Un peu psychasthénique.

Félix se renseigne.

— Qu'est-ce que ça veut dire psychasthénique ?

Je réponds en spécialiste.

— Ça veut dire asthénique de l'esprit. Vif sans plus.

— Vif sans plus ?

Sans plus. Alain rajoute à mon adresse :

— Il va t'intéresser.

C'est toujours mauvais signe la recommandation d'une personne en liberté à l'intérêt d'un psychiatre. Ce point n'échappe d'ailleurs pas à l'esprit affûté de Félix. De plus en plus pâle sur son fauteuil. Alain l'aide à se lever en le soutenant gentiment par l'épaule.

En attendant l'ascenseur qui doit nous descendre aux urgences, Félix, en règle générale plutôt indifférent au malheur de son prochain, s'intéresse.

— Et tu es déplâtré quand ?

— Dans trois semaines.

— Et ta main gauche ?

— Tu sais, je ne suis pas du tout gaucher.

Premier étage. Encore deux arrêts avant le sous-sol. Tentative désespérée de Félix.

— Entre ta main gauche et Mougin, tu dis quoi ?

— Mougin.

Urgences. 1 h 30. Assistance publique.

Tout n'a pas été écrit sur la Première Guerre mondiale. L'horreur des tranchées, des amputés, des gazés, des gueules cassées. Les anciens combattants sont les bienvenus aux sous-sols de l'hôpital, pour une petite fête familiale, à la bonne santé des copains qui ne s'en sont pas sortis. Itinéraire nostalgique, sur le Chemin des Dames des consultations médicales et la Marne des boxes de chirurgie.

Aux urgences, il n'y a que les obus qui manquent pour une reconstitution exacte. Pour le reste, tout est là. Les hémorragies, les fractures, les éventrations et les râles. Des gens courent, se précipitent, d'autres sont figés sur des chaises ou debout, l'air hagard. Il y a des sirènes, des shrapnels de lumières tirés par les gyrophares et des ombres en boue. Elles se plaquent sur les murs aux passages. Elles prennent l'empreinte des pas. D'instinct, on se rassemble. Des mouvements fragmentés grouillent, sur les côtés du champ visuel, en reflets, au bas des murs, comme des rats. Les malades se réfugient, à l'abri dans les coins des salles, recroquevillés. Ils ont peur. Il y a des déserteurs qui s'en vont, qui reculent hors des couloirs, des familles qui pleurent et des officiers qui passent, la blouse blanche et propre, l'air concerné mais pressés de s'en aller. Ils font mousser au chevet des blessés une écume d'intérêt qui ne les retient pas longtemps. Ils donnent des ordres aux petits soldats pâles, les internes, la chair à urgences, qui se sacrifient comme ils peuvent. Les uns avec du cœur, les autres, sans. Ils ont un peu moins peur que ceux qu'ils soignent. Pas beaucoup moins. Des spectres passent entre les brancards, pour l'entretien. Leurs balais poussent vers des chariots la poussière, le sang et les crachats. Les odeurs, belliqueuses elles aussi, n'ont aucun désir de négociations. Les ripostes d'éther et d'alcool ne les font pas plier. C'est l'hôpital qui fait retraite avec son air stérile. En débâcle.

Toutes ces batailles se régleront. À l'aube. Dans un pacte de nausée. La seule valeur commune que l'on partage aux urgences.

Il avait le cheveu déjà grisonnant, Mougin, et rare. Renonçant. Sa peau était jaune comme celle des prisonniers qui ne reçoivent plus de soleil, comme celle des vieillards, elle aussi en manque de lumière. Il avait vingt-cinq ans, son âge jurait avec sa silhouette. Il était grand, maigre et voûté. On sentait qu'elle n'était pas achevée, sa maigreur. Elle creusait toujours sous ses pommettes, avec l'idée de ne pas s'arrêter à l'os. Je me disais qu'il ne poursuivait pas d'études en chirurgie, mais en décomposition. C'était visible, il dépérissait. Il ne demandait pas grand-chose avant de sombrer définitivement dans sa blouse. Un petit délai.

Lui n'était pas parti dans l'enthousiasme en médecine comme ses frères d'uniforme. La fleur accrochée au fusil de Mougin avait été un chrysanthème. Chaque garde accélérait le processus de sa désintégration.

Félix le regardait de loin, en reculant imperceptiblement le cou comme un marquis de la Révolution sur l'échafaud. Il tenait son rang, bloqué par le bras athlétique d'Alain, mais pas au-delà du raisonnable, aristocrate mais humain, tenant assez vulgairement à sa survie. Il murmura : « Il y a forcément une autre solution. »

Alain avait l'autorité suffisante pour obliger son interne à prendre Félix avant les autres, mais Mougin était désarmant. Ce n'était pas si simple d'obtenir quelque chose de lui. Il ne disait jamais non. Il demandait des délais.

La surveillante des urgences fit son entrée. Une apparition blanche, immense, en largeur. Elle s'avança puissamment vers nous, écartant les malades égarés en chemise longue ouverte, accrochés aux amarres de leur perfusion. Sa blouse serrait, contrainte, un corps massif. Elle se déplaçait avec difficulté, en soufflant, brassant l'air liquide. Elle laissait une longue traîne de silence. L'autorité de son regard était glaçante.

Mougin fit un pas en arrière. Alain souffla à mon oreille :

— On l'appelle Moby Dick.

Je m'étais insuffisamment préparé à la force de sa voix. Elle nous repoussa comme une bourrasque.

— Mougin.

— Oui, Madame.

— Vous n'avez pas encore vu les malades de 19 heures. J'ai vingt numéros en attente dans les boxes 1 à 3. Les externes ne peuvent pas tout faire.

Les urgences se turent. D'une voix embarrassée, mais en détachant clairement chaque mot, Mougin répondit :

— J'aurais besoin d'un petit délai.

Moby Dick toisa le pauvre capitaine. Sa main aurait facilement serré le col de sa blouse pour le traîner sans tendresse vers le box des consultations à la moindre lueur de défi. Mais Mougin ne la défiait pas. Mougin ne défiait personne. On ne pouvait pas lutter contre lui. Cela aurait eu aussi peu de sens que de combattre un végétal, provoquer un arbre en duel, ou charger un champignon. Alain lui aurait demandé de poser dans l'heure une prothèse de hanche, geste dont il ignorait tout, il n'aurait pas refusé. Mougin ne refusait rien. Il regardait au-dessus de Moby Dick, la ligne d'horizon de ses urgences. Une ligne loin de l'hôpital. Particulière. Haute.

Alain négocia avec sa surveillante, à voix basse. Elle nous abandonna son interne noyé pour quelques ultimes instants.

La suture se fit au rythme de Mougin. Il densifia l'air de minutes étirées, de gestes longs. Les quatre points creusèrent cet espace-temps étrange, où aucun d'entre nous ne savait se déplacer. Tous figés au-dessus du bras ouvert de Félix, en suspens, dans l'épaisseur humide, la gelée du temps.

Moby Dick revint exiger le remboursement des heures avancées, le solde des petits délais. Nous le vîmes s'éloigner, emporté par la forme blanche.

Félix annonça qu'il allait s'évanouir.

Nous ne l'écoutions plus. Nous regardions, Alain et moi, la disparition de Mougin, jusqu'à son terme, son immersion dans le remous blafard de l'hôpital.

Je rentrai chez moi. J'avais aidé Félix à se coucher. Il m'avait reproché de ne pas rester à son chevet. Un gémissement et une quinte de toux ne m'avaient pas retenu devant sa porte. Il espérait me revoir un jour. Je lui avais répondu que nous n'étions jamais sûrs de rien.

Il était 3 heures du matin. La nuit hésitait entre deux âges. Plutôt vieille, en chute. Je me sentais comme elle.

J'avais croisé un mort aux urgences. Très vite, sans m'attarder, mais j'avais eu le temps de faire le diagnostic au pied de l'ambulance, sous le décor des réanimateurs et des machines à son. Félix avait fait semblant de ne rien voir et nous avions passé notre chemin. Mais il était mort. Ça a fait revenir des mauvais souvenirs d'hôpital. Des souvenirs de blouse.

Je ne peux pas dire que la mort me fait peur. Je suis plutôt optimiste sur ce sujet. J'ai vu suffisamment de cadavres dans ma vie pour être rassuré. Ils m'ont toujours donné la même sensation de port vide, de ponton désert que les barques ont quitté. Mon opinion est faite. J'ai traîné longtemps en compagnie des malades et j'ai ouvert les yeux. J'ai observé sur l'homme un pouvoir de destruction qui dépasse ses compétences. Ce qui est bon signe. J'ai trouvé dans l'horreur médicale un argument pour l'existence d'un Dieu en miroir positif. C'est le reflet mystique de l'escarre, la sainteté de la gangrène. Il faut être croyant dans la chapelle de l'hôpital, savoir recevoir les sacrements de souffrance, communier, avec des hosties de phlyctènes et d'ulcères. Il ne faut pas être dégoûté.

La mystique passe par le baptême du corps malade. J'ai vu des horreurs moqueuses, des grandes brûlures nargantes, des parades de nécrose. J'ai entendu les rires des maladies atroces qu'aucun traitement n'effleure, les ricanements de la SLA, les gloussements des cancers.

Ça m'a rassuré.

Je me suis dit que tout cela ne nous regardait pas. Nous étions sur le chemin de quelque chose. C'est tout. La preuve de l'existence de Dieu, c'est la mort. Le mystère qui nous dépasse, c'est elle donc Lui. Parce que je ne suis plus, Il est.

Il serait extrêmement fâcheux sur le plan spirituel de trouver une solution scientifique à notre finitude. Raison pour laquelle je m'inquiète du progrès de la recherche. On devrait réfléchir à la nécessité de notre conservation, une vie sans Dieu ne valant absolument pas la peine d'être vécue. Il faut que les scientifiques se calment. Qu'on réprime sévèrement tout éclair de génie perpétuant. Je le vois d'ici, l'inventeur de l'homme tumoral avec des cellules éternelles qui ne s'arrêteraient jamais de dire non à Dieu.

Un malfaiteur de l'humanité.

Élisabeth dormait. Je me couchai auprès d'elle. Son sommeil était comme le silence entre nous. Calme, profond. Il s'étendait pour durer. Il était peut-être nécessaire. Réparateur. Je ne savais pas. Je me sentais attristé. Je me rapprochai d'elle, de sa respiration simple, de son silence sans rêve. Une ridicule petite larme roula sur ma joue.

Chapitre XII

Dépression nerveuse, guerres de religion et premiers soupçons

— T'es déprimé.

— Non.

— Si, t'es déprimé.

— Je te dis que je ne suis pas déprimé.

Félix me laisse finir ma dernière bouchée de tartare.

— T'as l'air déprimé.

Il pose sa main sur mon épaule droite, geste amical extrêmement gênant quand vous essayez de vous alimenter.

— Qu'est-ce qui t'arrive ?

— J'ai un cancer du poumon.

— Tu déconnes.

— Non, j'ai rendez-vous avec mon chimiothérapeute cet après-midi. C'est la dernière fois que je peux déjeuner avec toi. J'aurai une sonde à partir de demain.

— T'es déprimé, Antoine.

— Merde, Félix.

Histoire moderne. Guerres de religion. Monsieur Merle.

Il s'y intéressait beaucoup aux guerres de religion, notre maître. C'était visible. Le sujet n'était pas clos, pour lui. Il donnait l'impression de continuer à le découvrir à nos côtés. Avec notre aide. Il convertissait notre accablement en énergie cinétique pour ses idées qui s'agitaient comme les atomes d'un gaz. Son cours était fumeux. La profonde connaissance qu'il avait de l'époque l'avait profondément obscurcie. Il naviguait à travers elle, avec une lanterne sourde qui ne nous éclairait pas. Tous les détails, pistés dans les livres en traques quotidiennes, se bousculaient, se frottaient les uns aux autres, en silex, pour allumer des feux qui l'éblouissaient. Il ne voyait donc plus rien. Et nous non plus.

Il était déjà difficile de s'intéresser à cette période sans Monsieur Merle. En sa compagnie, il ne fallait plus rien espérer.

Le choix dans l'histoire moderne avait été limité : Louis XIV ou les guerres de religion. Je me rappelais que le règne de Louis XIV avait été interminable. Les guerres de religion promettaient de l'action. Félix avait acquiescé en pensant qu'il s'agissait de la guerre contre les cathares, sujet qu'il affirmait dominer pour en avoir entendu parler par un cousin toulousain avec lequel il entretenait des rapports lointains.

Et elles étaient sinistres ces guerres de religion. Huit au total. Huit à avaler avec la même purge de massacres entre catholiques radicaux et protestants extrêmes. Des tripotées de gens médiocres qui ne pensaient qu'à s'assassiner au nom du Christ.

Parmi les grands, que des nains. Des rois minables, psychopathes et tuberculeux, crachant leur incompétence avec leurs poumons, des Charles IX, des Henri III, avec des numéros à l'image de leurs actes, impairs. Des rois qui ratent tout et qui continuent cinq siècles plus tard à pourrir l'existence des descendants de leurs sujets. Des dates en pagaille, pour des petites batailles, des grands massacres, des paix signées, annulées, resignées. À peine un ou deux assassinats de taille, pour remonter le moral de nos mémoires : le duc de Guise 1582 « plus grand mort que vivant », Henri III 1583 « méchant moine, tu m'as tué ». Pour le reste, rien. De l'histoire minuscule. Un tunnel. Avec l'assistance de Monsieur Merle, un puits.

Il était très petit. Un long nez busquait vers sa lèvre supérieure et un eczéma, visiblement prurigineux, affleurait en plaque sur un crâne dont on apercevait les reliefs.

Sa voix ne portait pas. Il fallait prêter l'oreille, la donner plutôt pour essayer d'attraper quelques bribes de son chuchotement.

Il était habillé de noir, il portait le deuil de Catherine de Médicis, une maltraitée de l'histoire de France, selon lui. Elle enflammait son verbe. Il passait son temps à l'innocenter du crime de la Saint-Barthélemy. Il n'enseignait pas, il plaidait, trouvait des alibis, lançait ses foudres sur des confrères inconnus, insensibles aux charmes de l'Italienne, d'ailleurs assez peu pimpante sur les portraits que nous en gardons. Félix l'avait d'emblée surnommée « la grosse vache », ce qui était cruel.

Catherine n'était pour rien dans le massacre parisien. Soit. C'était le message, répété en boucle au début et à la fin de chaque cours. « Lisez Brantôme », menaçait-il, un autre Monsieur Merle, mais d'époque, qui lui aussi blanchissait la reine, allégeant son dossier par kilos de pages partisanes.

Dix cours pour nous convaincre de l'innocence de Catherine de Médicis avec Brantôme en châtiment pour les sceptiques. J'étais sceptique. Je demandai l'avis de Félix qui me répondit avec son discernement habituel : « De toute façon, on s'en fout complètement. »

Les semaines passèrent malgré nos professeurs qui faisaient obstacle à l'écoulement, en barrages d'ennui. Les partiels approchaient. Nous nous réunissions deux soirs par semaine pour des séances de travail. Les amis de Félix nous rejoignaient parfois. Le moins souvent possible.

Je ne parvenais pas à dépasser mon antipathie pour Luchino. Objectivement et sans négliger la part irrationnelle que notre rivalité affective auprès de Félix alimentait, il était pontifiant, faussement pittoresque et, voulant s'identifier à l'image du dandy byronien, incarnait surtout celle de la tête à claques.

Il prétendait ressembler à Marlon Brando. Mais alors en détail, pas en globalité. Le même nez d'aigle, sans le caractère. Le même front bombé sans la noblesse. La même voix de palais, sans l'ambiguïté. Il avait tous les ingrédients mais pas le liant qui fait l'émulsion, comme dans une mayonnaise. Un Marlon Brando qui aurait tourné.

Félix paraissait découvrir tous les sujets. Il affichait une ignorance tranquille, très sûre d'elle-même. Thierry nous prêtait ma chambre. Il arrivait que nos soirées croisent celles d'Élisabeth qui organisait quelques répétitions à la maison.

Violetta travaillait gentiment avec nous. Elle venait nous attendre plus exactement. Le parcours du combattant de la licence d'histoire était pour elle une piste de danse. Elle n'apprenait pas les guerres de religion, elle valsait avec elles. Elle savait tout. C'était humiliant de tourner en godillots autour du duc de Guise et de Jacques Clément, quand elle virevoltait en ballerines sur la culture néo-platonicienne des Valois et le retour au néo-stoïcisme des années 1590.

Elle souriait affectueusement à Félix qui pourtant n'était pas à son avantage, lui demandant de répéter à peu près tous les mots de plus de deux syllabes qu'elle prononçait. Je demandais d'ailleurs à mon ami un tout petit effort pour quitter cet air lobotomisé qu'il adoptait dès que Violetta ouvrait la bouche.

Félix m'avait tout raconté sur elle. Une riche famille anglaise, nombreuse, une enfance rectiligne, une vie en mouvement doux, sur coussin d'air, avec au menu des dons préparés à toutes les sauces, physiques, intellectuels, spirituels. Une indigestion. Les fées n'avaient pas béni son berceau, elles avaient vomi dedans. Félix m'avait heureusement avoué quelques failles qui humanisaient l'ange. Elle cachait, selon lui, une tendance nymphomaniaque généreuse d'où toute perversité était absente. En clair, elle s'offrait gentiment à tout passant intéressé. Ce type d'information humilie toujours le passant qui la reçoit et qu'on a laissée passer. Mais je n'en voulais pas à Violetta. Elle était ravissante. Elle réconciliait avec soi-même, ce qui valait largement le prix d'un désir déçu.

Elle nous aidait à remplir des fiches qui nous assuraient la moyenne, à la condition d'en imprimer le contenu pour un temps minimal de survie qui couvrait la période des examens. C'est ce délai d'impression psychique qui se raccourcit avec l'âge. Drastiquement.

Elle apportait beaucoup à Félix. Elle l'avait convaincu d'entamer une psychanalyse, démontrant ainsi une maturité et une lucidité supérieures, mais peut-être aussi une mauvaise appréciation de la personnalité de mon ami.

Il me demanda de préciser ma position sur le sujet.

Je répondis par une parabole.

Il faut se méfier, avec la psychanalyse, de l'effet mouche. On entre dans une maison en hiver qui n'a pas été ouverte depuis longtemps. On se couche. Une mouche se met à bourdonner. On se dit qu'il faut la négliger, mais d'un autre côté, on sait qu'on dormira beaucoup mieux sans elle. Finalement on se lève, pour aller chercher un insecticide. On tue la mouche et en même temps on réveille toutes celles qui étaient endormies, hibernant sereinement, dans les poutres.

Les mouches bourdonnantes viennent alors dans la chambre par milliers.

— Tu déconseilles donc.

— Je déconseille.

Nos échanges avec Élisabeth se déverbalisaient. Nos regards se croisaient, nos sourires aussi pour masquer la gêne. Nous ne nous parlions plus, nous nous informions. Nous échangions des bulletins sur la météo des enfants, la température de la semaine. Nous dialoguions avec des dates, des heures de départ, d'arrivée, des horaires de correspondance pour Louis ou pour Ferdinand. Notre couple ressemblait à un aéroport, sans l'envol.

Je mesurais ma responsabilité. Je n'arrivais plus à écouter Élisabeth. Je l'avais rencontrée très tôt dans ma vie, à dix-neuf ans. Je ne l'avais pas quittée, sauf par moments, très courts, très inutiles. Je l'avais aimée tout de suite, pour toujours.

Lucienne m'avait demandé un soir si j'étais encore amoureux d'elle. Je n'avais pas compris la question. Aimer encore, c'est une contradiction. Il m'était absolument impossible de ne plus aimer Élisabeth. Je pouvais la quitter, mais ne plus l'aimer, non. C'est moi que je n'aimais plus.

C'est par ce biais que les grandes histoires d'amour sont fragiles. La menace, c'est le désamour de soi, pas de l'autre. Les femmes ne devraient pas craindre qu'on cesse de les aimer, mais qu'on perde toute affection pour soi-même. Les rapports se dégradent alors fatalement. L'amour ne fléchit pas, c'est celui qui aime qui fléchit. Le vieillissement de ses yeux flétrit la beauté de l'amoureuse, le fiel de son cœur rend l'amour amer.

Élisabeth était la même, belle, vive, avec cette lueur d'inquiétude dans son regard sur moi qui me touchait depuis toujours, mais j'étais différent.

De ma chambre, parmi les cadavres des huguenots, j'avais l'impression de la voir s'éloigner comme une ambulance qui avait oublié son blessé.

C'est vrai qu'elle revivait au théâtre. Elle jouait Antigone. Elle portait une petite robe noire. Je la voyais défier du regard le tribunal de Créon, notre directeur d'école, affalé sur le divan avec une bière et un maintien peu grec. Elle était magnifique. On n'avait pas besoin d'entendre le texte pour être touché par le tragique. Il suffisait de la regarder.

Les grandes histoires d'amour ne s'usent pas avec le temps. On ne les abîme pas. On leur fait seulement porter un masque. De ruine. Elles le retirent sur nos tombes.

— Tu ne trouves pas qu'il vient trop souvent ?

— Qui ?

— Créon.

Thierry désigne d'un mouvement de tête la silhouette de Siméon au milieu de ses gardes. Ils sont six à chaque répétition, à répéter aussi la scène des sauterelles dans les sept plaies d'Égypte, châtiment appliqué à mon frigidaire innocent. Plus de bière, plus de fromage, plus de compotes.

— Ça veut dire quoi : Tu ne trouves pas qu'il vient trop souvent ?

— Rien.

Thierry soupçonne. Je le connais, il ne me lâchera pas. Je m'informe pour le rassurer. Il sort un petit carnet noir où il a consigné les éléments essentiels de son enquête. Je ne suis pas surpris. À la remise des diplômes validant les névroses, il a acquis, en marge de sa maîtrise en obsessionnalité, une compétence en paranoïa. Le carnet m'informe du nombre et de la durée des coups de fil de Siméon à Élisabeth, avec des courbes matérialisant en pentes ascendantes l'augmentation de fréquence sur les deux dernières semaines. Je le remercie et lui rappelle que la première de la pièce est prévue pour la fin du mois. Thierry prend son air de frère aîné compassionnel et pédagogue.

— Tu sais ce que disait Marx ?

— ...

— Attention.

— Attention à quoi ?

— Attention. Tout court. C'est le message du *Capital*.

— Tu as lu la version abrégée.

Je n'ai jamais pensé une seule fois dans ma vie pouvoir être trompé par Élisabeth. Ce qui, je le sais, est un sentiment partagé par la plupart des hommes trahis par leur femme.

Je regarde Siméon, pitoyable Créon, postillonner ses répliques au nez d'Élisabeth. Rassuré. En se penchant vers Antigone, la ligne convexe d'un abdomen relâché se dessine sous la toge trop ajustée. Je suggère à Thierry d'ajouter ce détail dans son carnet de délateur et retourne calmement à mes massacres.

Je dors mal. Plus mal qu'avant. Je sais que l'insomnie peut être utile. Elle joue un rôle dans la régulation de l'anxiété. Je l'ai observé souvent sur mes patients et sur moi-même. Trop de sommeil nuit. Le corps reposé n'oppose plus de résistance aux vagues d'angoisse. Comme une digue molle. Il faut que le corps se crispe dans la dette de sommeil, l'esprit se détourne alors un peu de sa névrose, la fatigue physique épuise l'énergie sombre. Mais je dors vraiment mal et j'ai des douleurs un peu diffuses.

Je souffre de polyalgies.

Le polyalgique est un épouvantail à médecins. Il se plaint des muscles, des os, de la peau. Il a des migraines, des lombalgies, des tendinites. Les spécialistes passent des consultations entières à chercher un moyen de s'en débarrasser. Ils mettent de la distance, ils s'envolent, ils les abandonnent à la dernière corneille blanche du champ qui n'a pas peur d'eux : le psychiatre.

La crise existentielle, c'est de la médecine. Le corps s'en mêle énormément. Ceux qui n'ont vécu qu'une grande souffrance psychologique sont loin du compte. Le cœur s'accélère, les sens se transforment. On ne perçoit plus comme avant. Les sons vrillent, les images aussi. L'angoisse dissèque le monde extérieur, en écorché. Le corps découvre toutes ses capacités de dérèglement, tenues secrètes jusque-là. Ça vient en extrasystoles, en accès de sueur, en diarrhée. Et en tremblements. Vous ne savez pas comment placer vos symptômes sur l'échiquier de votre mal-être, en pions ou en pièces maîtresses. Parfois vous vous dites que vous n'y pouvez rien, c'est la maladie dont vous êtes innocent qui vous attrape, comme le cancer. Parfois vous pensez le contraire. C'est vous qui y pouvez tout. Vous, le maître des mitoses, des virus, des symptômes précisément. C'est un débat difficile, mais d'une extrême importance, son degré de responsabilité dans sa propre maladie.

Et dans la mort de son couple.

Chapitre XIII

Rose Melville. Partiel de Moyen Âge. Le silence et la révélation

Dîner ce soir. En ville. Le dîner en ville est un châtiment pour moi. Un cilice qu'Élisabeth me condamne à porter. L'air du moine torturé est mon air de sortie. Je suis par conséquent assez rarement sur la liste des invités. Dîner chez Rose. L'amie d'enfance. Double peine.

Rose Melville. Barbante. Très exactement barbante. Il y a d'autres mots pour exprimer l'idée, plus imagés, mais barbante lui convient le mieux, un adjectif sans agressivité. Je la connais depuis des années et j'ai souvent réfléchi au mystère de cet ennui qui défie le temps.

En me la présentant, Élisabeth m'avait annoncé que j'allais beaucoup l'aimer. Et elle était aimable, Rose, gentille à sa façon. Elle ne disait jamais le moindre mal de personne. Elle avait jugé, une fois pour toutes, qu'en dehors d'elle-même, rien ne justifiait un jugement. La compétition dans la plupart des disciplines humaines s'étant achevée par sa victoire, elle n'avait plus d'ambition dans notre monde inférieur.

En réalité, elle avait deux handicaps : elle était très jolie et elle était américaine.

Elle avait toujours dominé ses amies en beauté de la petite enfance à l'âge adulte. Elle avait ridiculisé la puberté, d'une peau inacnéable et d'une silhouette toujours longue. Elle ressemblait à Grace Kelly.

Elle recueillait les désespoirs existentiels des physiques insuffisants et traversait l'océan du laid en goélette blonde, immaculée, écoutant, bienfaisante, la complainte des nageurs naufragés, en foule autour d'elle, frigorifiés et moches.

Elle était bienveillante. Elle jetait parfois des sourires, en bouées.

Rose s'était investie d'une mission, faire passer le message que la beauté du corps n'était d'aucune utilité réelle dans la vie. Les noyés autour d'elle recevaient cette information avec soulagement, sans toujours la remercier avant d'expirer, les ingrats.

L'âge ne l'avait pas du tout abîmée et elle vivait encore sur cette habitude d'être entourée par un peuple de poux qu'elle insecticidait de paroles réconfortantes.

Elle tient encore aujourd'hui énormément à transmettre son idée de la beauté intérieure plus belle que l'autre, de la perle fine dans l'huître sans attrait… C'est son sujet et son message. Le fond national n'arrange rien.

Il y a toujours un prédicateur qui dort sous le T-shirt d'un Américain.

En réalité, elle a échangé le charme contre la beauté.

Il y a du Dorian Gray, chez elle. Mais elle ne cache aucune laideur d'âme sous le vernis de ses beaux traits. Seulement de la lourdeur. On ne risque pas d'être effrayé en relevant le voile devant la toile, mais d'être écrasé. C'est de la fonte, Rose. Lestée. Je n'ai jamais rencontré de femme plus belle et moins désirable.

Elle est célibataire. Élisabeth organise les dîners avec les prétendants. Une fois par mois, nous devons nous mélanger avec l'insecte sélectionné et subir à ses côtés ses hypnotiques leçons sur l'essentiel de l'existence.

Seule satisfaction que je retire de ces dîners, leurs échecs répétés.

Rose ne se sent évidemment pas humiliée de n'être que modérément désirée, elle y trouve la preuve que son message est passé.

Elle me prend à part à la fin de la soirée. Juste avant ma libération. Elle me demande l'autorisation de me parler. Je la lui refuserais volontiers, mais elle m'entraîne à l'écart vers sa terrasse, en tenant mon bras.

Elle commence. Il s'agit d'Élisabeth et de moi. Notre couple.

Je l'écoute, en ethnologue.

Je n'ai pas la compétence scientifique pour l'affirmer, mais les Américains me semblent très différents de nous.

Sans les incarner dans la personne de Rose Melville, j'ai noté qu'ils s'exprimaient souvent comme elle. C'est-à-dire sans vous. Traumatisme hollywoodien, ils parlent comme au cinéma. Pour un public. Ils adaptent naturellement leur conversation pour l'écran et miment ce qu'ils disent au cas où le son ne passerait pas.

— Tu devrais parler plus à Élisabeth.

— Pourquoi ?

— Parce qu'il n'y a pas de couples sans paroles.

Pas de couples sans paroles… Elle a préparé.

Sans paroles… Elle ne connaît pas ses classiques. Les beaux couples muets qu'un pianiste accompagnait, sous l'image, de mélodies. On est en manque de musique avec Élisabeth, pas de bavardage. Je partirais volontiers en vagabond à ses côtés, sur une route en noir et blanc, sans un mot pour nous faire trébucher, avec un petit air en compagnon d'harmonie.

Je fais semblant de l'écouter, j'ai l'impression qu'il fait plus sombre. Les mots de Rose sont gris. Les voyelles s'éteignent à ses lèvres. Il faut s'écarter de ceux qui parlent sans couleur, ceux qui vous rendent daltonien avec les mots.

Dernière semaine avant les partiels. Félix ne sait rien. J'essaie de le motiver en dramatisant son échec programmé. Je le menace d'une blessure d'amour-propre dont il ne se relèvera pas, d'une plaie d'orgueil ouverte à tout jamais comme un stigmate.

Félix m'écoute avec l'air concentré d'un comateux. Son recours rhétorique dans cette situation est toujours identiquement exaspérant : le proverbe. « Il n'y a pas le feu au lac », « rien ne sert de courir… ». Il ne s'agit plus de courir vite. Il faut un véhicule d'urgence. Saint Louis succède à Charles VII et Jeanne d'Arc est brûlée à Paris.

— Tu le fais exprès là.

— Non. Je ne filtre pas. On apprend ça en yoga pour faire baisser la pression. Tu laisses les pensées passer.

— Tu fais du yoga maintenant ?

— Oui. Avec Luchino.

— D'accord. Le partiel, tu le passes en lotus ?

— Tu as trop de cloisons dans la tête.

— Et Charles VI, il est marié avec qui ?

— Isabeau de Bavière.

Une réponse juste de Félix en histoire me fait penser à un contrôle antidopage positif. Il justifie.

— Là, je filtre.

Deux jours avant l'examen. Félix ne parle plus. Il a disposé les fiches de Violetta en éventail sur mon bureau. Il les parcourt de haut comme une carte d'état-major. Sa concentration perturbe la mienne. Il a coupé son portable et engagé un serveur de plus au restaurant contre l'avis de Lucienne. Je prends de la vitamine E tous les trois quarts d'heure. Un antioxydant pour prévenir l'oxydation de la mémoire. Je me sens oppressé.

On commence par le Moyen Âge, ma matière forte. Quatre heures de devoir sur table. Un sujet libre ou un texte, en vieux français. Faute de temps, nous n'avons pas assisté aux travaux dirigés qui donnent souvent la clé des examens.

Félix a recueilli des informations. Le Grand Schisme devrait sortir. 1377-1415, deux papes, Rome, Avignon, le concile de Constance. Je développe en pensée mon devoir sur les six pages grand format à remplir. Je débute par la paire de claques que prend Boniface VIII à Anagni, je monte vers Avignon et les huit papes français qui y vivent comme des satrapes. Le dernier veut retourner à Rome avant d'expirer. Les cardinaux, qui préfèrent la Provence, élisent un pape romain sous la pression de la foule conservatrice. Ledit pape se révèle être un dangereux psychopathe, qui oblige les cardinaux à aller à la messe. Nouvelle élection. Deuxième pape. Grand Schisme.

— Il faut faire des parties.

— Je sais.

C'est le message de nos informateurs. Pas d'issue à l'examen hors des parties. Trois. La Sorbonne a l'esprit guéridon. Il faut faire tourner nos devoirs comme des tables. Sur trois pieds. Pour faire descendre les esprits universitaires. Trois. Chiffre magique et menaçant. Au tribunal de la faculté, le non-respect de la règle de trois vous condamne. Votre année moribonde crache son dernier souffle au contact de votre devoir détriptyqué. Il y a un esprit d'anatomiste qui plane sur ces lieux. Des regrets de dissection, des nostalgies de morgue. Moi qui n'ai pas l'âme sombre et qui dois être le seul dans ces amphithéâtres à avoir l'expérience de la désarticulation des corps, j'ai l'instinct de résister au dépeçage des sujets en trois. Je préfère les traiter sans plan, d'un seul jet en respectant leur intégrité.

— Bon. Il faut faire trois parties.

— Si tu veux rentrer dans le moule.

— Je veux surtout avoir ma licence.

Pourquoi Félix tient-il tellement à cette licence ? J'avais prévu un porteur, un sherpa qui m'accompagnerait dans l'ascension. Pas un guide de montagne. Il faut réagir. Je livre l'air de rien une information à mon partenaire. Exercice de tentation pour mesurer la solidité de sa motivation.

Finale, ce soir, sur le câble, Nouvelle-Zélande contre Afrique du Sud. J'annonce.

— Tu t'intéresses au rugby maintenant ?

— Non, c'est pour toi. Ça commence dans dix minutes.

Amphithéâtre Descartes. Sorbonne. 7 h 45. L'affaire est officielle. Dépôt obligatoire des cartes d'étudiant. Places numérotées. Feuilles de brouillon imposées. Sortie interdite pendant soixante minutes. Silence de mort. Je vais bien, mes mains moins. Moites et vibrantes. Mon sang-froid est affiché partout, sauf aux extrémités. Élisabeth a préparé ma trousse. J'ai un stylo de rechange, des cartouches, un effaceur d'encre et un buvard.

J'applique ma technique de relaxation calquée sur la respiration de la femme parturiente, des petites inspirations abdominales, entre chaque contraction de mon système nerveux. Ma voisine de droite me regarde avec l'air d'un lama du Jardin des plantes. L'appariteur distribue les feuilles de brouillon.

— Vous venez pour l'examen ?

Il y a toujours, dans les moments de grande obscurité intérieure, une lueur qui vous sauve. J'ai envie de répondre à cet observateur lucide que non, je fais juste une petite ronde pour me distraire, de salle d'examen en salle d'examen, une petite balade en vieux clochard universitaire attiré par la lumière. Il me fait l'aumône d'un sujet. À contrecœur.

Commentaire de texte. Quatre-vingts lignes de vieux français, de français très âgé, à mon avis au-delà de toute ressource thérapeutique. Première phrase : « Si vous requiert le roy que vous fassiés assambler de par lui les lisans du matin pour soy soubscrire oudit roulle… » Je jette un coup d'œil vers Félix. Livide.

Si le sujet libre est du même modèle, nous sommes morts pour le Moyen Âge.

Seconde distribution. « Les acteurs du Grand Schisme ». Bingo. Félix me regarde triomphant. Je commande d'emblée deux feuilles supplémentaires à mon appariteur et m'avance sereinement vers l'accouchement trigémellaire de mon Grand Schisme.

Après une sortie contenue de la salle d'examen, avec l'air de deux étudiants « contents sans plus », au virage du long couloir des amphithéâtres, nous tombons dans les bras l'un de l'autre.

— On va fêter ça au Duc.

Cinq bières plus tard, je retrouvais ma consultation et l'œil noir de Marie-France qui ne me demanda aucune nouvelle de mes succès. Je la voyais se dédoubler gentiment sur les côtés de mon champ visuel. Elle dansait avec elle-même. C'était très joli.

J'avais une semaine de trêve avant le début des guerres de religion. Aucune information n'avait filtré.

Je retournais me reposer auprès de mes malades.

Je passai la journée du lendemain relaxé, ce qui n'allait pas de soi. Le vendredi était jour de consultation difficile, mon après-midi des anxieux récidivistes. Une partie de ma clientèle à laquelle je tiens affectivement.

Il s'agit de patients sur lesquels j'ai usé toutes mes armes, médicamenteuses, psychanalytiques, humaines. Je n'ai plus à leur offrir que mon inutilité, dernière chance d'éviter la destination finale.

Destination finale de ces malades : Weiss. Le port des anxieux récalcitrants. C'est lui qui m'a formé, un maître. Au bout de tous les traitements, l'anxieux résistant sonne chez Weiss. À ses risques et périls. Je préviens. Pour les guérir, Weiss les déprime. C'est sa découverte. Jardinière. On arrache la souche de l'angoisse, à la hache de la mélancolie.

Je n'ai pas d'opinion bien arrêtée sur ce traitement ultime. Je n'ai jamais eu de retour de Weiss. Ce qui peut être considéré comme un bon signe ou comme un mauvais.

Il a une vision élitiste de notre spécialité, apaisante pour un praticien qui doute de sa compétence. Pour lui, il faut toujours rassurer les malades qui nous résistent. Sur leur compte. Plus un esprit est subtil, plus il comprend que la prise en charge psychanalytique n'est pas thérapeutique. On ne traite pas les maux spirituels comme une infection du poumon. La psychiatrie s'apparentant aux soins palliatifs dont on entoure les cancéreux en phase terminale, l'ambition du psychiatre doit rester mesurée, comme celle du malade. Weiss l'affirme, la résistance au traitement est une preuve de lucidité.

Finalement on ne guérit que les crétins.

J'ai beaucoup aimé un de mes patients qui a disparu chez lui, sans que personne réclame sa dépouille psychologique.

Un moine, dominicain, que j'avais suivi longtemps en psychanalyse. Il s'appelait François. Il m'avait consulté avec son diagnostic. Il souffrait du « mal du murmure ». Une affection connue dans les monastères. Il m'avait apporté une bibliographie sur le sujet, avec un extrait de la règle de saint Benoît : « Les moines ne laisseront jamais apparaître le mal du murmure, sous aucun prétexte, ni en paroles, ni en gestes. Si on voit quelqu'un murmurer, on le punira très sévèrement. »

Il avait expérimenté tous les creux de la vie monastique. Les tentations, les accablements, mais rien ne surpassait le mal des murmures. Ce filtre d'amertume qui tamise la pensée, ce dégoût de l'enthousiasme, ce réflexe de critique et de moquerie qui devient la réponse à toutes les questions.

Très grave affection que frère François venait me confier une fois par semaine, avec l'autorisation de son abbé.

C'était un homme profond et spirituel, donc intraitable.

J'avais, par conscience professionnelle, enregistré quelques cassettes relaxantes que je l'imaginais écouter dans le repos de sa cellule en priant pour moi. Les antidépresseurs ne lui réussissaient pas, d'autant qu'il assistait aux heures nocturnes qui, de vigiles à laudes, s'adaptent mal au Laroxyl.

Je traite ces patients au silence.

Il m'a fallu du temps pour maîtriser l'outil, connaître les doses, les effets indésirables et les associations contre-indiquées. C'est délicat. Il faut titrer au milligramme. Les surdosages de silence existent. On expose le malade à des complications de vide excessif et le médecin à la gêne.

Au début de ma carrière, j'avais peur du blanc en consultation. Je faisais parler. J'avais l'habitude de laisser les mots reposer et de lire dans les dépôts des mots. Le marc de la parole. La majeure partie de ce que l'on dit est volatile, il faut plusieurs séances pour que les mots sédimentent, par recoupements, et trouvent une raison de retarder leur extinction.

Il y a des psychiatres minimalistes. Ils mettent tout dans un point, une ligne, un geste. J'ai encore ce réflexe d'occuper la toile, en traditionaliste du plein. Mais j'évolue.

Je me souviens d'une patiente bavarde qui m'a aidé à passer le mur du son. En lui tournant le dos. C'était une enseignante. Clientèle toujours difficile, soupçonneuse et obscure. Le professeur malade ne comprend rien, c'est un des cancres de la grande classe des scrofuleux de l'esprit, que nous rejoignons tous, un jour ou l'autre. Il est au fond, près du radiateur, avec le médecin malade qui lui aussi est un patient décourageant. L'un et l'autre pèchent par excès d'autoanalyse et par orgueil. Ils ne se laissent pas conduire et stagnent dans leur creux.

Question réflexe que je regrettais toujours d'avoir posée à ma patiente diplômée : « Comment allez-vous ? »

Réponse : « C'est une question bien difficile. »

Elle inspirait. Une inspiration infinie qui se gonflait de tous les mots qu'elle allait expirer sur moi, moléculairement. Un aérosol de mots, polluant pour mon atmosphère cérébrale, avec le pouvoir d'ouvrir des brèches, des trous dans ma couche d'indifférence protectrice. Mince, car je ne suis pas indifférent.

Comment allez-vous ? C'est une question bien difficile et c'est une faute de français. On devrait dire « Comment y allez-vous ? » ou bien « Où allez-vous ? ». Mais la réponse est connue de tous. Comment ? Par quel moyen allez-vous ? Vers votre terme. À pied ? Par quel itinéraire ? Avez-vous trouvé un raccourci ? Ou plutôt un chemin sinueux, à rallonge ? C'est une question existentielle, qu'on ne devrait pas poser sans y réfléchir à deux fois, sans bien peser son pour et son contre.

À mes anxieux définitifs, je ne dis plus rien.

Je ne sais pas ce que mes honoraires récompensent. Ce rien, qui a un prix quand il n'est pas cynique.

Tout se passait bien. Ma journée descendait tranquillement les marches de mes patients. En ajustant ses appuis sur leurs surfaces branlantes. Elle chuta brutalement. À 17 heures. Quand Marie-France entra dans mon bureau avec ce petit regard en ligne sous ses lunettes, de plaisir, qui m'annonçait avant sa voix, mon élection en catastrophe.

— Votre frère est là, avec votre ami. Ils disent que c'est urgent.

Thierry et Félix.

Le premier ne pénètre dans mon univers professionnel qu'en cas de crise boursière grave, de découvert supérieur à 10 000 euros ou de décès familial. Le second n'y entre tout simplement jamais.

Je quitte à regret mon dernier patient taiseux pour accueillir mes urgences parlantes.

— Qu'est-ce qui vous arrive ?

Thierry a son visage sinistre. Félix a cette ombre de contrariété sur les paupières, que je lui ai déjà vue lors de l'incendie de son restaurant. Thierry sans un mot me donne une accolade. Je commence à avoir très peur. Mon frère vient au secours de mon angoisse.

— Il s'agit de toi.

Je suis rassuré.

Avec un geste large, il dépose sur mon bureau son carnet noir d'enquête.

— La preuve est là.

Preuve. Textos recopiés sur le portable d'Élisabeth.

Thierry ajoute un commentaire technique. 72 % des adultères sont aujourd'hui démasqués par le téléphone portable du coupable.

Je regarde mon frère et mon ami. Hors champ. Avec ce réflexe de témoin extérieur qui est ma réponse aux assauts intimes.

Thierry était content de lui, en statisticien récompensé de ses efforts. Et Félix aussi. Il était heureux de me prouver son amitié en me montrant qu'il n'était pas bouleversé par mon malheur. Manifestement, il ne trouvait pas l'affaire sensationnelle. Il la plaçait plutôt sur les barreaux inférieurs de son échelle des contrariétés. Tout près du sol.

Mon affection était bénigne aux yeux de ces praticiens de la vie. Elle se soignait toute seule comme une petite grippe, par un peu de patience et un cachet d'aspirine toutes les huit heures.

Elle avait bon dos, Antigone, dans sa tragédie de boulevard. Antigone, la femme qui dit non. Un vrai symbole.

Je regardais les visages contrits de mes deux assassins. Le premier allait me proposer son aide fraternelle et gratuite, le second me dire des phrases utiles, « ça vaut mieux qu'un cancer ». J'allais rejoindre les statistiques en décimale lointaine, loin des virgules, dans la multitude des chiffres petits, des nombres premiers de l'adultère, des hommes premiers qu'on ne peut plus diviser que par eux-mêmes.

— Bon. On n'a qu'à sortir.

C'est ça, on n'a qu'à sortir.

En descendant vers le boulevard, je restai un peu en arrière.

Thierry et Félix parlaient déjà d'autre chose. Je jetai un coup d'œil à mon reflet dans les vitrines. Je pensai à toutes les histoires que j'allais rejoindre, comme ce reflet, sans y être, à la surface des conversations et des blagues. Avec la masse des figurants, des anonymes, retenus pour leur talent en dérision. Dans leur foule, je n'étais même plus un homme trahi, j'étais un mari trompé.

CHAPITRE XIV

Coup de force

— On n'a qu'à lui péter la gueule.

Nous sommes trois. Thierry, Félix et moi. Devant trois bières dans mon salon. C'est Félix qui a parlé. Je réfléchis. Le recours à la force physique ne constitue pas pour moi un automatisme naturel. Je présente mon calme comme un caractère inné, mais je n'exclus pas complètement l'hypothèse d'un léger fond de couardise ajoutée, que j'ai coutume de travestir en sagesse, issue de mon expérience d'ancien interne aux urgences de traumatologie et de philosophe versé quand il le faut dans le « non-agir » gandhien. Mais la perspective d'appuyer la tête de Siméon sur le coin d'un trottoir est une tentation.

Thierry, qui s'alcoolise doucement depuis 10 heures du matin, n'a pas fait de commentaire. Il tangue imperceptiblement sur son fauteuil avec ce sourire tranquille qui marque chez lui une alcoolémie supérieure à 2 grammes par litre.

C'est mon frère aîné, je lui demande son avis.

Après un temps de réflexion prolongé, lui permettant au passage de finir la dernière bière de ma réserve personnelle, et un grand soupir annonçant un discours argumenté, il me répond :

— Félix a raison, on n'a qu'à lui péter la gueule.

Décision prise. Je suis touché par l'élan collectif. Il ne me vient pas à l'idée que je pourrais essayer de résoudre cette affaire sans aide extérieure. Ces questions sont toujours soulevées par les commentateurs non concernés de votre existence, mais avides d'y participer, les donneurs de leçons qui les donnent précisément parce qu'ils ne peuvent pas les vendre. Lâcheté pour lâcheté. Siméon a trahi notre absence d'amitié, me plantant dans le dos la dague du traître congénital qu'il a toujours été. L'avantage du nombre altère un peu la noblesse du projet. Thierry me rappelle avec subtilité, pour dissiper mes dernières réticences, que Siméon n'est jamais seul, toujours accompagné par sa connerie et sa fourberie. 3 contre 3. J'aime beaucoup mon frère.

Plan.

On l'attend dans la rue, à la porte de son immeuble. Masqués. Il habite dans une impasse du XIIIe arrondissement, sombre et peu fréquentée après 21 heures. Félix nous apprend qu'il a quelques notions de karaté, avec une ceinture, gagnée pendant ses études secondaires, dont il ne précise pas la couleur.

Rendez-vous pris pour le soir même.

Élisabeth est en stage pour deux jours. Il y a un dîner de parents d'élèves. Par expérience, j'estime le retour de Siméon entre 22 et 23 heures.

Nous nous retrouvons dans l'impasse. Thierry est un peu dégrisé. Il fait froid. Une cigarette tourne.

— Je ne suis pas sûr que ce soit une bonne idée.

— C'était tout à l'heure qu'il fallait le dire.

— Tu as les masques ?

— Oui.

Thierry a choisi des loups noirs avec une voilette.

— T'as pas trouvé autre chose ?

— Il y avait plus que ça.

Félix s'échauffe. Il tourne sur lui-même, avec de grands mouvements de bras qui brassent l'air.

— Qu'est-ce que tu fais ?

— Un kata.

D'accord. Thierry a raison. Mauvaise idée.

Siméon à l'horizon.

Tout s'emballe. Les masques.

Nous nous accroupissons dans l'ombre d'une voiture.

La rue est déserte.

Siméon arrive à la porte. Félix commande la manœuvre.

— On y va.

Nous jaillissons. Thierry et Félix s'écartent pour me laisser passer.

La réaction de Siméon me désarme. Après un sursaut devant l'apparition des trois hommes masqués, il reprend vite ses esprits et adopte une position d'attente dont la signification ne m'apparaît pas immédiatement.

À Félix, si. Puisqu'il recule très significativement vers Thierry qui lui-même accompagne le mouvement vers l'arrière, improvisant une stratégie d'isolement dont nous n'avions pas débattu.

Je me sens tout à fait seul.

Siméon est de profil. Les jambes fléchies, le poing droit fermé tendu devant lui, le gauche également fermé en attente à sa ceinture. Je n'ai pas le temps de réagir. Je reçois un violent coup de pied sous la pommette qui me projette en arrière, à la hauteur de mes deux compagnons.

La lumière d'un rez-de-chaussée s'allume et une fenêtre s'ouvre.

Félix me soutient dans la retraite. Thierry court devant.

Retour à la maison.

En appliquant la poche de glace sur ma pommette, je pense à un autre destin qui aurait pu être le mien. Plus grand, plus large, plus fort.

— Il t'a mis un yokogeri.

— Je te remercie pour ton analyse technique.

— C'est un coup de pied chassé.

— Oui, j'ai vu.

Qui est Élisabeth ?

C'est par cette question que j'aurais dû commencer. J'ai l'impression de n'avoir rien dit sur elle depuis longtemps. À personne. Preuve de la gravité du manque de mots entre nous : ce silence sur Élisabeth, intérieur, l'appauvrissement de nos dialogues dans ma mémoire, dans mon désir.

J'ai le souvenir d'une femme gaie. Bienfaisante pour mon humeur. Je n'ai pas le sourire facile. Je ne cherche pas. Les histoires drôles me gèlent et je ne suis jamais allé que traîné à un spectacle d'amuseur. Les meutes joyeuses me chassent. Je n'ai pas le vertige en altitude, j'ai le vertige en joie. Je me sens attiré vers le fond du rire, le trou sombre des gorges qui s'ouvrent. J'ai toujours pensé que le rire était l'expression la plus macabre que pouvait prendre un visage humain.

Le rire est le dégoûtant de l'homme.

C'est une vision handicapante dans la vie de tous les jours. Et souvent mal comprise. Mes études de médecine m'ont laissé des tas d'images de ce genre. Inversées. Je n'y peux rien. Les rencontres consommées trop jeune avec les salles de dissection ont perfusé mes névroses de vitamines éternelles.

Pour les médecins, on déterre les morts au lieu de les cacher. On les montre, pire que cela, on les ouvre. Par réaction, on a tendance à enterrer les vivants autour de soi, à mélanger les vérités, à confondre le jour et la nuit, à voler lourdement au soleil, en hibou.

Il fallait que la gaieté d'Élisabeth soit vivante pour me séduire. Qu'elle donne des preuves. Elle en donnait. Il y avait des racines cachées sous son rire. D'énergie. On ne rencontre que des êtres avares en vitalité, avec des réserves sèches ou qui épargnent. Chez elle, c'était large. Il y en avait pour des années, une grande nappe de vigueur à extraire sans compter et à partager. On sentait qu'elle pouvait secourir son prochain, en cas de panne précoce, l'imprévoyant, la cigale. Elle voulait faire du théâtre, du chant, battre le record des langues apprises. Elle voulait des enfants, une ribambelle. Elle ne s'arrêtait jamais à l'unité. J'aurais dû me méfier pour le compte des hommes de sa vie.

Rencontre avec Élisabeth. Chez Rose Melville.

Une confidence que je n'ai pas faite. J'ai été l'insecte de Rose en 1979. Elles formaient un groupe de trois inséparables, avec Lucienne qui venait d'épouser Félix. Lucienne organisait. Félix m'avait annoncé une blonde époustouflante, j'ai été conquis par une brune vivante.

Je regarde deux tissus chez les femmes, la peau et les dents. Déformation de médecine légale, c'est ce qui reste sur les momies, les ingrédients essentiels du corps éternel. Élisabeth était prête pour l'éternité. Et son sourire ne me faisait pas penser à la mort.

Rose Melville me rappelait les principes esthétiques de la beauté de l'âme humaine. Je me penchai vers Élisabeth dont je connaissais la formation de linguiste et lui chuchotai :

— Comment dit-on raseuse en hittite ?

— C'est difficile à prononcer.

— Essayez toujours.

— Ça se dit : à demain.

— Pour le déjeuner ?

— Pour le dîner.

En réalité, Élisabeth a toujours pris mes décisions. Elle a d'abord décidé que je finirais ma médecine, alors que j'étais déjà chancelant sur le fil de ma vocation. Sur son cheveu. C'est elle qui m'a fait voyager. J'avais le mal du pays facile. À quatorze ans j'ai dû être rapatrié pour cause de spleen parisien. De Pontoise. Avec l'âge, les distances se sont étirées, mais je ne passe jamais la Loire sans un pincement au cœur. Élisabeth m'a emporté sous Lexomil en Amérique du Sud : au Pérou, en Colombie. Je l'ai suivie. Comme le petit cheval, tous derrière et elle devant.

Les enfants, c'est elle.

Sans mégalomanie, je m'identifiais à César. Sur la fin. Je les trouvais dangereux, nos chérubins, capables de gestes excessifs. Elle m'a rassuré. Elle en a fait deux d'un coup pour qu'ils retournent leur agressivité l'un contre l'autre et diffèrent leurs projets parricides.

Elle n'a pas écouté mon inquiétude. Elle a déchiffré mes désirs, hiéroglyphiquement codés pour ma conscience. Pas en psychiatre, en linguiste du cœur. Jusqu'au jour où j'ai commencé à me taire et elle aussi.

Rose m'a dit que je ne m'exprimais pas assez, Lucienne que je ne savais pas communiquer. Notre silence sentimental était donc une question de mots. C'est parce que nous ne parlions pas que nos cœurs ne se disaient rien.

Voire.

J'avais plutôt l'impression que le silence était un symptôme. La vésicule du zona. On ne parle jamais du virus du verbe, il existe pourtant, il incube à l'intérieur des mots. Le langage s'infecte doucement. Les mots s'altèrent, comme des cellules, ils gonflent et se fragmentent. C'est de la microbiologie, une spécialité qui échappe à l'œil humain et ne s'aborde qu'à travers le tube d'un microscope. C'est une maladie mystérieuse, véhiculée par le temps. La durée de contact augmente les risques de contamination. Il est difficile d'en dire plus. La pathologie du temps est presque inconnue.

Il ne s'agit pas de désamour.

Le virus lent du désamour n'existe pas. Le désamour n'existe pas. Qu'Élisabeth ne m'aime plus est tout simplement impossible. Ce n'est pas de la présomption. J'ai été présomptueux quand je pensais que mon silence valait le discours de Siméon.

On cesse de parler pour trois raisons essentielles : un accident vasculaire cérébral, une pathologie ORL grave ou une aphonie psychique. C'est une complication du discours intérieur excessif. Du bavardage intime. On ne parle plus à l'autre parce qu'on se parle trop, en secret, à soi-même. À force de s'interroger sur sa vie, sa réussite, ses échecs, son avenir, à force de bulletins de santé intérieurs, la voix se casse. Les travaux d'irrigation intime détournent les cours du verbe sur soi et déshydratent les rapports sociaux. Élisabeth m'a laissé faire, en attendant la crue.

Texto de Lucienne : « il faut que je te parle d'Élisabeth ».

Tout le monde va vouloir me parler d'Élisabeth. C'est impressionnant cette confiance dans la parole. Les gens ne sont pas psychiatres, ils sauraient sinon combien les mots sont surestimés. Pas impuissants mais excessivement investis. Par les femmes surtout. Elles les voient en comprimés, rangés dans le pilulier des phrases. En pénicilline de chagrin, capable de traiter les plus sévères infections de l'humeur. Elles n'ont pas l'expérience des résistances au discours ou bien elles font semblant de les ignorer. Elles ont l'habitude de la création, en réalité. Elles mettent au monde, elles expriment. Les mots font écho. L'homme est père de silence.

— Elle a cinquante ans, tu sais.

— Oui, et alors ?

Félix analyse.

— Et alors à cinquante ans, les femmes…

Particularité des analyses de Félix, l'inachèvement.

— Tu vas lui en parler ?

— Non.

Je ne vais pas en parler à Élisabeth. J'attends de voir comment elle conduira notre exécution. Sa manière. Je veux mesurer nos chances de survie conjugale à la forme de son mensonge.

Sortie. Nocturne. 4 heures, arrosées d'une pluie de vodka. Rosée du matin à 70 degrés. Chagrin. Je ne devrais pas boire pour oublier. La boisson améliore ma mémoire. Elle fait clapoter mes souvenirs. Elle leur fait faire du bruit.

— Tu veux de la compagnie ?

— Non.

— Tu veux qu'on révise ?

C'est difficile d'avoir une certitude sur la valeur de ses sentiments. Le chagrin limpide est rare. La mort de l'autre distille un élixir de désespoir très pur, mais la trahison ? Une analyse poussée trouverait des impuretés dans la solution. L'impureté de mon chagrin d'homme trompé, c'est la curiosité.

Dans mon couple, je ne me sentais menacé que par moi-même, pas par quelqu'un d'autre. En somme, Élisabeth m'a fait voyager hors de mes murs. Elle m'a dépaysé.

Merci.

La curiosité n'est pas sur le cahier des charges de l'homme trompé. Je ne me retrouve pas dans les critères classiques. L'humiliation ? Je ne me sens pas humilié. La tristesse ? Oui. Mais la tristesse est une compagne de ma vie, une perfusion qui m'a été posée pour une très longue durée, en traitement de fond. Je n'ai aucune difficulté à tolérer la majoration des doses.

Si je suis curieux, c'est du mouvement. Et j'en sens, sous ma chape. C'est difficile, douloureux, mais mobile.

J'ai recommencé mes études parce que j'étais raide. J'ai surpris ma cinquantaine en flagrant délit de raideur. Je l'ai surprise en train de couler du plomb dans mes veines. La Méduse de Persée, c'est elle, c'est le temps. Tous ceux qui le regardent en face deviennent des pierres.

Elle s'étend avec l'âge, l'image de la Méduse. Elle finit par occuper tout le champ de la vision, elle traverse les paupières.

Fermer les yeux ne change rien.

Chapitre XV

Lettre écarlate. Western et névroses. Janus

— À mon avis, il devait picoler Henri III.

Elles deviennent légères, les guerres de religion au-dessus de 1 gramme d'alcoolémie. La Saint-Barthélemy se traverse sous les confettis et les serpentins. On éventre avec humour, on noie sans animosité. La Seine charrie des cadavres, pas mécontents de dériver en compagnie vers l'océan. La plupart n'ont jamais vu la mer. Tout devient assez positif. Même la reine Catherine prend un petit air affriolant sous son bonnet noir. C'est dire le degré de bienveillance qu'on atteint.

Je suis d'accord avec le diagnostic de mon confrère. Henri III a dû régner gris. La preuve, sa phrase finale : « Méchant moine, tu m'as tué. » Il n'y a qu'un homme ivre mort qui peut dire ça avec un couteau dans le ventre. Ce roi était pris de boisson.

On a révisé jusqu'au matin. Puis on s'est quittés. J'ai embrassé Félix. Il m'a retenu. Il m'a serré dans ses bras. Il m'a simplement dit :

— Qu'est-ce qu'on peut faire ?

Ça m'a fait du bien ce « on ». J'ai senti la syllabe chaleureuse. La larme sœur. Elle a suffi pour tenir toute notre amitié, à bout de lettres, à bout de rien.

Thierry a annoncé son départ prochain. Il avait réglé son problème d'assurance avec diplomatie et un chèque rempli par sa main, signé par la mienne.

J'observais Élisabeth qui était la même.

Chez les puritains, on cousait sur la robe de la coupable une lettre écarlate, un A rouge sang pour Adultère. Ils avaient raison, ces hommes sévères, ils avaient observé qu'on ne pouvait absolument pas distinguer une femme fidèle d'une femme déloyale. Vous pouvez observer l'apparence extérieure, analyser le comportement, aucune révélation à attendre. Les clichés de la femme « un peu différente », devenue pimpante, mince, colorant sa garde-robe, sont des clichés.

J'en ai écrit une, lettre écarlate, une nuit. Pour rire. Un A au feutre rouge sur le chemisier d'Élisabeth. Elle a puni les présumés coupables qui ne se dénonçaient pas, Louis et Ferdinand. Assez sévèrement, de notre cinéma du dimanche. J'ai laissé faire.

Élisabeth n'a pas compris le message. Manque de culpabilité ou manque de culture.

Une fois par semaine, j'emmène les enfants au cinéma.

Nous avons chacun nos fonctions ludiques séparées. Élisabeth réunit leurs amis autour d'eux et déplace les groupes à travers Paris, moi je les conduis au cinéma. Ce n'est pas une si brillante idée, ce partage des tâches. Elles sont toujours mal réparties. J'ai conquis peu à peu toute l'option culture. Je les traîne dans les musées, les églises, les salles. Je laisse la fonction sociale à Élisabeth. Les enfants font des divisions, sans virgules, qui tombent juste. En couperet. Élisabeth n'est pas requise hors de sa fonction, ce qui altère sa confiance. Je fais comme eux. Je la mets à l'écart. Pas par manque d'affection, par avidité affective.

Cinéma.

Moi, j'ai l'habitude d'aller voir des westerns. J'aime l'Ouest. Le pays des morts en règle générale, mais pas dans les westerns américains. Je dilue mes angoisses dans les grands espaces.

Il y en a beaucoup moins, des westerns et des grands espaces. Ça m'est égal. Je revois les vieux, toujours les mêmes. Rien d'original. *Johnny Guitar*, *Clementine* et les Peckinpah. J'ai analysé mon amour du genre. Comme tout le monde, le grand air, la loi de la nature, les affaires qu'on règle seul… Il y a une caractéristique du héros de western dont personne ne parle : le cow-boy n'a pas d'enfant.

Les enfants, on en trouve, mais ce ne sont pas ceux du héros sauf exception. Pas d'enfant, c'est ça qui fait rêver dans les westerns. Ce calme. Les Indiens peuvent vous scalper, les méchants vous tirer dans le dos. Vous l'avez, votre espace intérieur. Cette paix. On ne risque que sa vie dans les westerns. Tout va bien.

Je les emmène, mes petits, au rendez-vous de lumière. Ils savent aussi que les films recueilleront un jour leur angoisse. Ils voient les héros de l'Ouest en miroir de mon regard, comme des hommes sans père. Chacun y trouve son compte de liberté.

On peut alors dialoguer en silence devant la lumière tremblée d'images. C'est du cinéma. Ils partent sur l'écran, nos acteurs, ces personnages que l'on joue. Ils partent se perdre dans les déserts, au milieu des rochers droits. Ils laissent dans la salle des hommes qui se ressemblent, d'âge différent, qui pleurent un peu sur eux-mêmes et qui s'aiment alors comme il faut.

Je me sentais à l'étranger dans mon appartement. Élisabeth n'avait pas changé mon paysage, elle avait juste retiré mon intimité. Notre espace était devenu un théâtre où se jouait notre vie familiale. Les murs tenaient autour de nous comme un décor. Je poussais les portes des pièces pour changer de scène. Finalement, je n'étais chez moi que dans mon cabinet, auprès de mes malades et des meubles qu'Élisabeth n'avait pas choisis.

Il y a une fidélité du métier longtemps pratiqué dont les femmes devraient s'inspirer. Comme celle des chiens qui prennent l'habitude de vous aimer. Il se laisse exercer sans enthousiasme et s'attache malgré les creux d'affection, les impatiences, la volonté de le quitter parfois, de l'abandonner sur un bord de route. Vous finissez par y tenir à votre métier de compagnie, à cette petite technique acquise qui s'accroche, qui vous retrouve et continue à faire battre votre cœur d'artisan, au milieu de vos autres cœurs arrêtés.

Je revenais donc parmi les miens, mes disciples de névrose.

Marie-France allait heureusement de plus en plus mal. Elle tenait son rang, fidèle, elle aussi. Elle m'accueillit avec sa froideur réconfortante. Un petit aboiement de « Bonjour… Les malades sont là… Vous êtes en retard ».

Chère Marie-France, elle ne le percevait pas encore, mais j'avais remarqué au passage la petite asymétrie de son visage. Rien de bien notable, sauf pour un œil exercé par quelques semestres de neurologie.

Elle avait retenu la paralysie faciale pour elle.

L'idée que je pouvais en être menacé m'avait traversé l'esprit. Paralysie faciale « a frigore », cause inconnue, virale peut-être. Longtemps associée à un coup de froid, d'où son nom, mais en pratique survenant sous tous les climats, souvent sur un terrain fatigué et anxieux. Mon terrain.

Je m'étais dit que j'allais me réveiller un matin, demi-visage flasque, défiguré pour le restant de mes jours. Je m'étais interdit d'y penser, mais le mal était fait. Je suis superstitieux, je crois que la peur attire les virus, comme un chat noir qui miaule pour signaler votre présence aux catastrophes aveugles.

Et je ne m'étais pas trompé. La paralysie faciale était venue survoler mon univers et comme toujours avait succombé à la tentation de Marie-France. Ma bonne sirène.

Je n'en étais pas encore tout à fait convaincu et la coïncidence était si extraordinaire que je voulais la garder à portée de main, en scientifique. Entre chaque patient, je fixais Marie-France qui me répondait par un regard excédé et encore droit.

Je consultai en fin de matinée Monsieur Rivière, qui m'écouta avec son habituelle empathie. Je revenais sur sa phobie des ponts qui ne s'améliorait guère à mon contact. Il trouvait qu'il progressait. Il m'annonça avec fierté qu'il était parvenu à franchir le pont Alexandre III. Par en dessous. En bateau-mouche.

Il écouta mes encouragements.

Je le félicitai pour le franchissement. Je lui demandai de répéter plusieurs fois « J'ai franchi ». Ce qu'il fit. Je répétai aussi les mots en moi-même, au futur. Ils me semblaient utiles, même si je ne trouvais pas encore les ponts auxquels les appliquer. Je franchirai.

J'eus une phrase malheureuse, alors qu'il se levait pour me quitter.

— Ce n'est que de l'eau, Monsieur Rivière.

D'un air peiné, il me laissa cette réponse avant de disparaître :

— Ça ne veut rien dire, docteur, les larmes aussi, ce n'est que de l'eau.

Marie-France vint m'apporter le courrier du jour. Elle remonta mon moral déclinant sur toutes les passerelles défendues.

Les choses se précisaient.

Un filet de salive blanche perlait au coin gauche de sa bouche. Les rides de son front s'effaçaient du même côté. Elle ne se rendait compte de rien. Je me disais qu'il était de mon devoir d'homme assermenté de la prévenir, mais il n'y avait pas d'urgence à la minute.

Elle fit entrer Monsieur Cendre. Patient intéressant. Culturiste. Mais pas congénital. Venu sur le tard à la musculation. Réponse atypique à la crise de la cinquantaine.

Alors que rien ne l'y prédisposait, la tempête psychique l'avait rendu sportif. Un cas rare de transfert anxieux myotrope qui s'apparentait aux manœuvres contra-phobiques des grands obsessionnels.

En clair, il mettait ses angoisses dans ses pectoraux.

Et il les fréquentait les salles depuis cinq ans, trois heures par jour sous les barres, à gonfler. On mesurait son humeur au volume de sa masse musculaire. Il me la montrait volontiers d'ailleurs, retirant sa chemise en début de consultation pour faciliter mon diagnostic.

— Vous vous fatiguez le cœur, Monsieur Cendre.

Il ne me croyait pas. Il pensait au contraire qu'il le fortifiait, son cœur, en muscle banal à étirer comme un biceps. Il pensait qu'il résisterait mieux aux attaques anxieuses et aux insomnies en augmentant la résistance de ses fibres. Finalement, il voyait son âge en poids et en haltères que le temps chargeait de ronds. Il raisonnait en matérialiste. Il ne croyait pas aux entités spirituelles sans masse. C'était un saint Thomas, musclé, qui devait soulever pour croire.

Difficile à traiter.

Il était combatif mais dans un sens qui le menait à de graves complications. J'essayais de trouver un langage pour le sensibiliser. Je parlais de risque de claquage psychologique, de crampe spirituelle. Il avait du mal à comprendre. Je multipliais les efforts. Je me sentais courbatu après chaque consultation.

La salle s'était interposée entre sa femme et lui. Elle l'avait quittée, il avait gonflé.

Je devenais beaucoup plus sensible aux problèmes conjugaux de mes patients. Je m'attardais. Je visitais l'espace de leurs ruptures, leurs nouveaux lieux. Sans le savoir, ils me proposaient un choix d'offres existentielles pour mon déménagement intérieur. Je ne me sentais pas prêt. Je n'avais pas encore signé la promesse de séparation.

Il m'arrivait même d'oublier l'histoire d'Élisabeth, entre les consultations, la préparation des examens et la surveillance de mon moral instable.

Thierry me rappelait la sinistre réalité à travers un coup de téléphone quotidien qui s'ouvrait sur un « Ça va ? » articulé d'une voix lugubre et concernée. Je ne commettais plus l'erreur de répondre par un affirmatif « Ça va », car le « T'es sûr ? » suivait alors en coup de grâce. Je préférais donc lui dire que j'allais très mal.

Mais Marie-France était là.

Paralysée maintenant. Sans l'ombre d'un doute. Et consciente.

Il faut dire que le rythme de la dénervation s'était franchement accéléré dans l'après-midi. L'œil ne fermait plus du tout et la bouche se verticalisait à la moindre alerte d'expression. Elle était restée très calme. Elle m'avait demandé ce que je pensais de l'affaire. J'avais répondu qu'il s'agissait d'une petite paralysie faciale. Le mot « petite » pouvant être négocié en cas de contre-expertise.

Elle m'avait posé ensuite les deux questions auxquelles un médecin honnête est absolument incapable de répondre. « C'est grave ? » et « Ça va durer combien de temps ? ».

J'appelai un ami neurologue qui la reçut dans l'heure. Elle revint avec une prescription de cortisone pendant dix jours qui lui fit frôler l'accès maniaque mais qui lui rendit la symétrie de son visage.

Je la suppliai de différer ses vacances.

Elle n'était pas mariée. Le célibat de Marie-France me coûtait cher, j'en étais convaincu. La trahison conjugale qui planait au-dessus de ma tête n'aurait pas hésité entre elle et moi. Elle lui aurait plongé dessus comme un faucon.

Dernier jour avant les guerres de religion. Sans Félix, dans les bras de Violetta et de ses fiches.

Soirée familiale. Enfin presque. Madeleine est là. Secondée. Alfred. Le compagnon platonique de sa vie. De son vrai nom, Janus Kortosky.

— C'est polonais ça ?

— Oui, mais d'origine hongroise.

Je l'aimais bien Alfred. Il était acteur et diabétique. Il était plus diabétique qu'acteur. J'avais plus souvent assisté à ses hospitalisations qu'à ses représentations théâtrales. Madeleine m'ayant désigné comme son médecin traitant référent, j'étais requis à chaque hypoglycémie. Je ne connaissais rien au diabète, en particulier à celui d'Alfred, mal équilibré et traité de manière absolument fantaisiste par des doses d'insuline qu'il disait s'administrer « à l'instinct ». Je l'hospitalisais donc, à l'instinct, moi aussi, au moindre symptôme, pour ne prendre aucun risque.

Le personnel de l'Hôtel-Dieu l'accueillait avec gentillesse, Alfred était un homme charmant, malgré Madeleine. Il circulait en veste pourpre et cravate jaune, une belle chevelure argent à demi couverte par un chapeau de feutre blanc. Il n'était jamais ridicule. Il distillait l'élégance de n'importe quelle contradiction vestimentaire. Il tenait le bras de Madeleine depuis quinze ans. Ils n'habitaient pas ensemble. Élisabeth pensait que rien ne s'était jamais passé entre eux. Je lui avais fait remarquer combien cette expression était malheureuse.

Alfred avait chargé les chars allemands au sabre en 1939, ce qui lui avait donné auprès de Louis et Ferdinand un prestige inaccessible. Je sentais aux regards de mes enfants que je n'avais pas fait ce qu'il fallait pendant la guerre. J'avais beau leur rappeler ma date de naissance, ils me regardaient comme un collaborateur impuni du régime nazi. Alfred s'était battu lui, alors que j'attendais d'être conçu, moi, à l'arrière, en embusqué.

Alfred conseillait Élisabeth pour Antigone. Il avait eu son heure de gloire théâtrale en Provence, entre Vacqueyras et Avignon, au sein d'une petite troupe qui avait tourné dans les festivals et vieilli doucement au chaud. Une fortune familiale avait endormi ses ambitions.

Nous partagions le même jugement calamiteux sur le jeu de Créon. Élisabeth ne défendait pas son partenaire. Peu solidaire ou perfide.

J'en profitai pour lancer des projets d'avenir. Un voyage cet été de cinq semaines tous les quatre sur un bateau. Madeleine annonça qu'elle adorait la mer. Information utile pour l'y noyer un jour.

Élisabeth accueillit le projet avec une joie qui me parut franche. Elle demanda des précisions de destination que je dus improviser.

Je la regardais échanger avec sa mère des souvenirs marins, sous l'œil bienveillant d'Alfred qui n'avait jamais posé la botte sur le pont d'un bateau. J'avais le curieux sentiment d'être un homme trompé dans le présent mais pas dans l'avenir. La trahison d'Élisabeth vivait au jour le jour, dans l'ici et le maintenant, sans se préoccuper de son lendemain.

Je n'étais pas convaincu par le côté encourageant de cette découverte. Elle banalisait l'atmosphère. L'infidélité rentrait dans son emploi du temps, une activité comme une autre, en somme, à la taille du quotidien.

Ma préférence n'allait évidemment pas à la grande passion amoureuse qui dynamiterait mon univers familial, mais je me sentais humilié par le manque d'ampleur.

Je participais mal aux agapes familiales. Même Madeleine peinait à m'exaspérer. Elle avait une douleur à la gencive qu'elle tenait absolument à me faire partager. Louis toujours raisonneur suggéra à sa grand-mère d'aller consulter un dentiste, mais

Madeleine tenait à mon avis. Je passai donc le dessert à chercher des réponses le long de la gencive irritée de ma belle-mère.

Alfred racontait ses faits d'armes. Je croisais souvent le regard d'Élisabeth qui n'évitait pas le mien. Madeleine réaffirma la responsabilité des Polonais dans le déclenchement de la Seconde Guerre mondiale, affirmant que sans la Pologne la guerre n'aurait jamais éclaté et que 40 millions d'êtres humains auraient été épargnés. Élisabeth précisa aux enfants que cette vision de l'histoire était à garder précieusement à l'intérieur des murs de cette maison. Comme un secret de famille qui ne regardait personne.

Les symptômes revenaient, les sueurs, les frissons, les trompettes de l'insomnie. La soirée s'achevait. Je ne trouvais plus rien de souhaitable.

Je me couchai avant Élisabeth. Elle vint s'étendre à mes côtés. Nous ne bougions pas. En corps fatigués, inquiets qui avaient perdu le sens du mouvement vers l'autre.

— Ton frère a appelé.

— Pourquoi ?

— Il voulait savoir comment tu allais.

— Qu'est-ce que tu as répondu ?

— Bien.

CHAPITRE XVI

Relation de Chasles. Partiel rouge et mélancolinacées

Relation de Chasles. AB + BC = AC. La lettre commune saute dans la somme. C'est elle qui permet l'addition des valeurs mais elle disparaît dans le résultat.

— J'ai rien compris.

— Cherche pas.

Je déjeune avec Félix. Rue des Écoles, en face de la Sorbonne. Examen à 14 heures.

— Tu t'intéresses aux maths maintenant ?

— Non, à la relation de Chasles. Je trouve qu'on peut l'extrapoler aux rapports conjugaux.

— Tu compliques les choses simples, Antoine.

— Je reprends. Tu as un couple, AB et BC. Ils ont des points communs qui leur permettent de se rapprocher. Ils s'épousent. AC. Au prix d'un sacrifice.

— B ?

— Oui, leur point commun.

— Je ne vois pas le rapport avec Élisabeth.

— Notre point commun avec Élisabeth, c'était l'amour.

— Tu me coupes l'appétit.

Retour en salle glaciale. Avec les spectres des guerres de religion.

La Sorbonne est un grand cimetière. Hanté. Élisabeth m'a offert un stylo à plume. J'hésite à l'utiliser. Je le vois assez bien me porter malheur dans une journée déjà marquée par le mauvais sort.

Je suis placé près d'un radiateur emballé qui souffle une bulle d'air équatorial dans l'atmosphère polaire. Bronchite assurée. Je commence déjà à tousser sur mes feuilles.

Monsieur Merle vient nous chuchoter les consignes que nous connaissons déjà. Il regarde avec un air tendre les sujets d'examen qu'il va nous distribuer. Catherine est avec lui, je le sens.

Texte. Brantôme. « Apologie de la très sainte reine Catherine ».

Je n'ai pas l'humeur à l'apologie des femmes.

Sujet libre. « L'ultracatholicisme après la Saint-Barthélemy ». Je n'arrive pas à m'intéresser. Je n'y suis pas. Je n'ai pas senti la poussée d'adrénaline éveillante. Je somnole. Félix écrit.

Un appariteur soupçonneux me surveille. C'est vrai que mon regard tourne. Mais pas sur les copies, sur les épaules des étudiants qui me séparent du bureau de Monsieur Merle. Il feuillette avec une joie concentrée un double tome des aventures du duc de Guise. Il y a des annotations dans les marges et des marque-pages qui hérissent la tranche. Son sourire s'échappe par instants, incontrôlé. L'histoire ne l'intéresse pas, elle le chatouille, elle passe comme une plume sous ses aisselles. J'aurai au moins rencontré un homme heureux à la Sorbonne.

La ligne des épaules ondule, en houle faible. J'ai l'impression d'être un radeau en attente de courant. Je devrais penser au XVIe siècle, je pense à mon lit. Je deviens clinophile. C'est le terme. Un signe considéré comme péjoratif par les spécialistes. La clinophilie ou amour immodéré du lit est un signe d'assez profonde atteinte de l'humeur. Je dois me reprendre. Je ne vais pas me laisser abattre par un karatéka qui joue Créon comme un pied.

Je choisis l'ultracatholicisme pour les massacres.

Je vais donner le visage de Siméon à tous les protestants qui traversent mon devoir. Je vais les exécuter avec mes bandes d'écorcheurs. Par centaines. Je sens ce sujet. Les cadavres de Siméon vont s'amonceler dans mes trois parties sanglantes. L'ultracatholique assimilant le huguenot à l'antéchrist lui réserve un traitement sans concession. En dehors des bûchers et des gibets coutumiers, quelques éventrations sont rapportées de même qu'une fréquence accrue des émasculations, châtiment qui, je le confesse, me paraît s'intégrer assez harmonieusement dans le sujet de mon examen et de ma vie personnelle.

Sortie collective. Félix a faim, signe de satisfaction. Il a choisi Catherine qu'il s'est mis à apprécier lui aussi du fond du cœur. Autre caractéristique de Félix, une âme de girouette et une absence chronique de fidélité à ses jugements. On ne peut pas dire qu'il change d'avis, mais qu'il collectionne les avis, en amateur désintéressé, indifférent à leur valeur marchande, qui les accumule pour pouvoir piocher dedans.

En passant devant Monsieur Merle, il tient d'ailleurs à lui dire à quel point la mémoire de Catherine de Médicis lui est devenue chère. La perspective de l'oral du printemps aussi, je pense. Collectionneur et lèche-cul.

Réunion au Duc.

Luchino est au courant de mon actualité conjugale. La discrétion de Félix a encore frappé. Subtil Luchino.

— À la santé d'Antoine. *Una donna perduta dieci trovate.*

Je dois subir. Double bière.

Luchino nous informe qu'une grande fortune familiale devrait lui permettre d'affronter l'avenir sans diplôme. Il s'interroge sur la compatibilité du bonheur matériel avec le bonheur tout court.

Je recommande une bière pour l'oublier.

Les deux amis projettent. « Chez Félix et Luchino ». Le meilleur restaurant de Venise. Cuisine française, ambiance italienne.

On s'enthousiasme et on veut m'associer.

Luchino donne son avis.

— Si tu veux changer de vie, Antoine, c'est un projet comme celui-là qu'il te faut, pas une licence d'histoire.

Les conseillers en existence font toujours monter ma tension de plusieurs millimètres de mercure. Il faut les identifier comme des facteurs de risques vasculaires, aux côtés du cholestérol et du tabac. Et les éradiquer.

Je pourrais, moi aussi, former des projets vastes. Je pourrais prendre un billet pour Caracas et faire le tour du monde. Acheter un grand voilier pour aller vomir en mer. Ne pas confondre changement de vie et dernière volonté d'un condamné à mort. Ce sont les cancéreux à perspective vitale rabotée qui vont faire le tour des pôles ou sacrifient leur fortune dans un dernier projet irrationnel. Moi, c'est de l'intérieur que je veux changer d'existence. Passer une frontière ne change rien pour un homme dont le pronostic de survie reste dans la moyenne nationale.

— J'ai compris. C'est dedans que tu veux ouvrir la pizza.

C'est ça, petit crétin.

Coup de fil de Madeleine. Hypoglycémie mensuelle de Janus. J'abandonne sans regret Roméo et Luchino à leur fantasme alimentaire sur pilotis et pars en médecin responsable porter secours à Janus.

Mauvais état. Mes vieux souvenirs des urgences vibrent en échos. Janus ne répond plus. Du tout. Même aux stimulations nociceptives, celles qui consistent à faire souffrir le comateux pour sonder la profondeur de son coma avec une sonde de douleur. On nous apprend à la faculté à pincer le téton de la victime, à le tordre en cas de résistance, à frotter au poing son sternum ou à enfoncer les pouces sous ses arcades sourcilières. Il y a du dominicain dans l'âme du réanimateur, le comateux est passé à la question.

En inquisiteur recalé, je tapote les joues sans réaction de Janus. Immobilité spectrale. Je commande à une Madeleine pâle et silencieuse une ampoule de sérum glucosé que j'injecte en intraveineuse indirecte après avoir cherché une veine taquine au pli d'un bras non coopérant. Deux à trois hématomes plus tard, le sérum passe. Janus ouvre les yeux.

Expérience de résurrection.

Il y en a quelques-unes comme ça en médecine. L'injection de sucre pour le coma hypoglycémique est la plus accessible aux débutants.

Avec un peu d'imagination, on a le sentiment d'injecter de la vie dans la seringue. Une ampoule de vie dans la veine d'un mort. Dieu crée en salissant ses mains avec de l'argile, le réanimateur du coma hypoglycémique fait la même chose, en gardant les mains propres. À performance égale, la seconde méthode est la plus élégante. Le malade est ressuscité. Jamais vous n'avez été aussi puissant. Il faut le vivre pour le croire. Même un psychiatre peut ressentir de l'exaltation dans cette situation.

Janus est parmi nous. Assez peu frétillant sur son canapé. Le teint encore verdâtre mais présent. Un jour, il m'a demandé ce qui me faisait peur dans la vie. Par surprise, à l'hôpital, à la sortie d'un autre coma.

J'ai dit « les araignées ». Je l'ai regretté.

En attendant le retour complet de sa conscience, je réfléchis à sa question. Réponse exacte : moi-même.

Je n'ai vraiment peur que de moi-même. Je me sens de plus en plus proche de mes semblables, d'où ma crainte. J'essaie de résister au sentiment collectif. Ce sens de l'autre qu'on devrait arracher de sa peau, comme une tique. Il vaudrait beaucoup mieux pour son bonheur divorcer précocement du genre humain. « Nul homme n'est une île, tout homme est un morceau de continent... », je ne suis pas d'accord. Il faut revendiquer l'esprit insulaire, détaché du continent humain. L'alliance entre soi et le reste de l'humanité est préjudiciable à l'extase. On est marié à l'humain pour le pire. Il suffit de lire les livres d'histoire.

Janus se colore. Madeleine étonnamment silencieuse se redécouvre tendre, presque féminine à son contact. Elle lui apporte un verre de whisky, ce qui n'est pas recommandé pour une convalescence de coma, mais je ferme les yeux en trinquant avec lui.

Semaines d'attente avant les résultats des partiels.

J'ai décidé de me retirer dans mon jardin en laissant Élisabeth à ses ronces. Botanique médicale. Je jardine au milieu des mélancolinacées. Parfum entêtant des malades malheureux.

La dernière fois que j'ai rencontré une fleur, c'était à Claude-Bernard, pendant un stage en maladies infectieuses. Une rose qui avait piqué son jardinier, en baiser tétanique. J'ai conduit la coupable au laboratoire pour analyser ses épines. Les malades ont les défauts des fleurs, apparemment inoffensifs mais souvent dangereux pour la santé. On déconseille de dormir avec les bouquets, ils empoisonnent l'air, la nuit. Comme les malades précisément. Ils circulent en visages dans nos rêves. En venin. Il faut les laisser à la porte de sa chambre. On doit absolument y penser avant d'éteindre la lumière, sous peine d'asphyxie.

Chapitre XVII

La mauvaise note. Rencontre avec Charlotte Baugin

Quinze jours de vacances universitaires, au sens immobilier du terme. Je me sens vide, à habiter. Élisabeth répète presque tous les soirs. La première est prévue dans une semaine. Je lui fais réviser son texte. Je lui donne la réplique. J'entre dans la peau de Siméon. Je joue l'amant en somme. Elle récite des pages entières. Un fleuve de mots. Nous n'aurons jamais autant parlé que dans les rôles des autres.

Lundi matin. Résultats des examens. Affichés en listes microfilmées, derrière des vitres à reflets. Les nez s'y agglutinent. Il faut assiéger les notes pour les obtenir.

Félix est serein. Nous avons chacun pronostiqué une moyenne proche de la moyenne. J'aimerais que la mienne soit juste un peu plus haute que la sienne. Pour le respect de notre hiérarchie. Je me suis confié à Élisabeth un jour à ce sujet. Je me sentais coupable d'amitié impure. Elle m'a rassuré en diagnostiquant un manque de maturité. Affection bénigne.

Moyen Âge : 14, Félix 9.

J'ai les mains moites, les siennes sont sèches, je le sais. Il a son visage détendu de tous les jours et son inaltérable pouls régulier et lent. Je n'ai pas besoin de le prendre. 65 par minute. Le jour de son permis de conduire, de l'incendie de son restaurant et de l'annonce de son troisième contrôle fiscal, j'ai déjà vérifié, 65 par minute est la réponse de Félix aux persécutions de la vie.

Économie : 13, Félix 7.

— C'est bien payé pour ce que j'avais pondu.

La mauvaise note, pour Félix, est une note inférieure à 2. Au-delà, elle bénéficie de circonstances atténuantes, à dos large, qui la font entrer dans l'intervalle d'indulgence qui encadre les résultats de ses examens existentiels.

Je me sens d'humeur plus affectueuse. Je tape gentiment sur son épaule et le rassure d'un « Tu rattraperas ça facilement ».

Je m'allège. Je vois Siméon en petit. Je compare ma vie à un ballon d'air chaud, j'ai des sacs à jeter pour monter. Le lest de Siméon, d'Élisabeth aussi. Félix abandonne du poids de son côté, Luchino, son restaurant, Venise par-dessus bord. Je monte avec lui, débarrassé de nos lourdeurs.

Antiquité : 15, Félix 9.

L'amitié s'élève comme le mercure d'un thermomètre. On est finalement plus proche du bonheur qu'on ne le croit. À distance d'une minuscule satisfaction.

XVIe siècle : 4, Félix 12.

Erreur de ligne. Non. Je vérifie. Je tire mentalement une flèche d'acier entre mon nom et la note qu'elle perce en son centre. Je n'arrive pas à le croire. Je cherche une explication, unité oubliée, erreur de copie. Ma note gonfle au milieu de la page, recouvrant ses sœurs microscopiques. J'ai le temps de voir que personne n'a eu au-dessous de 6. Dernière note de la faculté. J'ai besoin d'un soutien. Félix me l'apporte.

— Tu l'as raté, celui-là.

J'essaie de faire bonne figure. Mon sourire doit ressembler à celui du Christ cloué sur la croix. Serein, mais crispé.

Félix me propose d'aller fêter « tout ça » dans son restaurant. Je décline.

Retour par le cabinet. Marie-France est joyeuse. Les résultats de ses prélèvements sont encourageants, trois patients ont décommandé leur rendez-vous. Journée sombre. Son bonheur est toujours l'ennemi du mien.

Repas familial. Ferdinand a reçu un avertissement de conduite et de travail signé par Siméon. Je vois sa main encore lourde du parfum d'Élisabeth signer la feuille de condamnation de mon fils.

Elle est rentrée tard. Elle s'est changée dans notre chambre. J'ai regardé les vêtements glisser sur son corps. J'ai eu l'impression d'être parmi eux. Le chemisier de soie, des épaules jusqu'au bord de ses hanches. Je lui ai annoncé ma note. Elle a déposé un baiser sur ma joue. Les Judas ont toujours l'âme embrasseuse.

D'ailleurs ce dîner ressemble à un calvaire.

Ferdinand a choisi une politique de défense passive qui compacte l'atmosphère. Toute demande d'information sur les événements ayant conduit à son avertissement se heurte à une phrase, la même, inlassablement répétée :

— De toute façon, j'étais pas là.

La patience des psychiatres fait partie des clichés qu'une vie familiale d'intensité moyenne fait quotidiennement voler en éclats. Le cinquième « J'étais pas là » a un effet biologique objectif. Ma tension monte en bouffées de chaleur. Louis rajoute quelques degrés en frappant violemment le bras de son frère, avec un perfide « Désolé, j'étais pas là ».

Aimez-vous les uns les autres est un conseil donné par un homme qui, je le rappelle, n'a jamais eu d'enfants.

J'essaie d'attraper l'oreille de Louis. Il s'échappe en bousculant son frère blessé qui s'écroule en hurlant comme un Italien dans une surface de réparation. Le « Il y a d'autres solutions, Antoine » proposé par Élisabeth donne le coup de grâce à ma béatitude coronarienne.

Il y a certainement d'autres solutions.

Des radicales. Des actives. Des verbalisées.

À ce moment, je nous compte. 4. Comme ma note. Résonance signifiante. Mon examen de vie familiale a été corrigé sévèrement.

— Tu devrais demander le détail de ta correction.

— Pourquoi ?

— On ne sait jamais.

Si, on sait. On sait beaucoup. Il faut interroger ses impressions pour lever son ignorance. Elles répondent en certitudes. Je sais que tout n'est pas absolument perdu avec Élisabeth. Pas absolument. Je sais qu'il n'y a pas eu d'erreur de correction. On sait toujours. On dirige les événements de sa vie, on les gouverne en ordres inconscients, selon un plan favorable à notre survie. Pas toujours dans le sens de la joie.

Élisabeth a couché les enfants. La nuit est avancée. Je l'attends dans l'obscurité de la chambre. Je revois la chute du tissu sur ses épaules. Et nos souvenirs, en plis.

— Antoine ?

— Oui.

— Il faut faire quelque chose.

— Pour qui ?

— Pour nous.

Déponence. C'est là qu'elle se découvre, cette douleur, ce mal de l'action. Cet aiguillage intérieur qui détourne ma volonté de son but, qui la renvoie sur elle-même. En boucle. Il faudrait répondre, prendre la main tendue d'Élisabeth, prendre, soulever son bras, sa pensée vers l'autre. Agir.

Je suis tout simplement incapable d'action.

Rendez-vous pris avec Mademoiselle C. Baugin, chargée de TD d'histoire moderne et correctrice des examens de licence. 14 h 30.

Je déjeune chez Félix.

Félix me présente Philippe. Un ami neuf, rencontré récemment, sans racines, facilement détachable. Je l'accueille donc bien.

Il est pilote de ligne, des grandes, d'Asie, d'Amérique, sur Air France.

J'ai toujours admiré les pilotes d'avion et toujours sympathisé avec les dépressifs. Philippe est sympathique.

J'évalue en professionnel la densité des troubles de son humeur. Forte. Il me décrit en confiance l'état de ses lieux intérieurs. La mélancolie le prend par accès, des coups de blues brutaux, imprévisibles, qui le rendent apathique, avec une chute d'énergie psychique, une hypoglycémie d'humeur, profonde qui, lorsqu'elle survient aux commandes de son avion, pose un sérieux problème de sécurité.

Comme il le dit lui-même, dans ces moments, il se sent comme un caillou. Ce qui pour un pilote de 747 est préjudiciable.

Félix va droit au but.

— En somme, si le jet tombe, tu t'en fous complètement.

— Complètement.

Une des expériences les plus traumatisantes dans la vie d'un psychiatre est de découvrir la profession de ses patients. On ne mesure pas les risques que la pathologie psychique nous fait courir hors des secteurs fermés. Moi qui ne suis que des malades en liberté, je recours systématiquement à la prière et au Lexomil alcoolisé lorsque je remets ma vie entre les mains d'un de mes semblables. On n'imagine pas ce dont les pilotes d'avion, de train, de voiture sont capables. On passe en confiance au feu vert, on se fait conduire par des inconnus que l'on n'a pas eu la prudence d'analyser. Il faut considérer une fois pour toutes que les moyens de transport sont des corbillards et qu'en réchapper tient du miracle. Elle me fascine cette confiance que l'on accorde chaque jour à cette armée d'inconnus qui peuvent à tout instant décider de vous écraser dans la rue ou de vous faire sombrer dans un océan. Pas seulement les conducteurs, mais aussi les ennemis du quotidien, les réparateurs, les plombiers, les électriciens, ceux à qui vous confiez votre destin ménager, tous prêts, un jour, à piéger vos ascenseurs ou vos conduites de gaz.

Personne ne sait qu'un homme qui ne fait pas de mal à son prochain n'est qu'un psychopathe qui n'a pas encore décompensé. C'est le temps qui nous manque pour révéler la pathologie structurelle de notre esprit. Un homme bon est un homme inachevé. En un sens, la mort nous sauve. Quand les gens vieilliront trop, le monde deviendra un chaos.

Philippe précise, pour nous rassurer, que seuls comptent le décollage et l'atterrissage. Entre ces deux moments, un comateux peut conduire un avion. Je demande, avec l'air détaché, des nouvelles de la santé de ses collègues, qui d'après lui ne sont pas exempts de toute fantaisie psychiatrique. Une famille, en quelque sorte, de tueurs en série qui paradent en uniforme dans les aéroports du monde entier.

— Je vous emmène où vous voulez.

Je laisse Félix organiser nos week-ends internationaux. Je pars à mon rendez-vous.

Le C. veut dire Charlotte. Dans la salle d'attente, je pense aux Charlotte que j'ai connues. En dehors de Charlotte Corday au bout de son poignard, je ne vois pas. Je me sens fatigué et ridicule. Le discuteur de notes répond le plus souvent à deux modèles : à l'adolescence, au cancre qui ne doute de rien ; à mon âge, au paranoïaque procédurier.

Je devrais m'en aller. Le 4 pèse sur mes épaules, avec Siméon, ma vie de médecin, ma vie d'homme.

Je regarde les murs usés de la Sorbonne. Je suis à leur image, épais et ridé. Ils voient passer la jeunesse frôlante des étudiants qui leur enlève des écailles. Je finirai comme eux, comme un lépreux.

Je commence à me sentir vraiment mal.

L'implosion psychologique est une réaction nucléaire. De fusion. Une bombe H, au sens d'Humain, qui libère son énergie destructrice par la fusion de nos refoulements et de nos désillusions. On ne fissionne pas la matière psychologique, on réunit de force les désespoirs nouveaux et anciens, on les mélange, on les fait gagner en densité, on évite la dispersion et on attend. La réaction est obligatoire, seul le délai peut varier. Lorsqu'elle est amorcée, rien ne peut l'arrêter. Pas même le bonheur.

Elle a quinze minutes de retard. Je vais reculer. Je remettrai le rendez-vous en septembre. Je remettrai tous les rendez-vous en septembre.

— Monsieur Saint-Bernard.

J'entre en baissant la tête.

Je vois d'abord ma copie sur le bureau, avec des traits rouges nerveusement tracés au travers. Pas d'erreur d'identité, pas d'erreur de note. Je pourrais repartir tout de suite.

Quant à elle…

Quant à elle, elle n'est pas précisément belle. Imprécisément plutôt. Il y a quelque chose d'harmonieux qui ne se livre pas d'emblée, qui demande de l'attention. La quarantaine, le visage osseux, les cheveux tirés en arrière, pas maquillée, un regard doux que je ne soutiens pas.

Je vois flou. Je suis au bord de la perte de connaissance. Elle s'inquiète. Je demande un verre d'eau. Cancre, paranoïaque et émotif.

Je me sens aussi séduisant qu'un trépané à la sortie du bloc opératoire.

— Excusez-moi. Je suis médecin et j'étais de garde cette nuit.

Les gardes des médecins sont pleines de malades et de mensonges. Elles en accueillent de toutes sortes. Elles sont peuplées d'excuses et de lâchetés. On y trouve des files de promesses, de retards et de fugues. Les blouses se mélangent aux robes, en silhouettes furtives qui n'ont pas leur place dans un couloir d'hôpital. Il y a des regrets, des tristesses qui s'accordent bien au monde des urgences, qui finissent par se confondre.

La voix est précise, articulée, énergique.

— Il y a des connaissances. Vous avez travaillé.

Elle me regarde. Elle essaie de mesurer mes capacités de résistance. Je dois avoir meilleure mine car la critique s'aiguise très vite. Les filtres du « C'est une note de forme, pas de fond » tombent. L'introduction consolante est passée. Je me sens mieux. Charlotte commence par souligner le caractère invertébré de mon devoir.

— Il manque un tout petit peu de structure.

Je traduis que le « tout petit peu » coûte cher dans son référentiel. Je me recolore. Elle s'échauffe.

— En réalité, il n'y a aucun plan dans votre devoir.

Elle cherche dans mes pages maculées de rouge les trois parties qui rendent une copie présentable. Elles n'y sont pas, à l'évidence. Et la réaction est physique. Une moue d'écœurement. J'ai l'impression qu'elle contemple une escarre. Mon devoir est laid. Elle me le tend du bout des doigts.

— Où sont vos trois parties ?

Des trèfles. Des maniaques du trèfle. À trois feuilles. De ceux qui n'apportent rien, ni chance ni amour. Il est vrai que mon plan est subtil, pudique même, ne se découvrant pas facilement. Le sentiment de clarté que m'avait laissé mon texte s'estompe à la relecture.

Je balbutie un plan d'urgence que j'improvise sur les décombres de mon devoir. L'improvisation bafouillante encourage Charlotte. Elle monte en puissance. Mon état de santé doit tout à fait la rassurer maintenant. Ses soins ressemblent à des claques.

— Et puis, c'est très mal écrit.

Elle lit une phrase avec une voix suffisamment forte pour franchir la porte de son bureau et, me semble-t-il, les murs de l'amphithéâtre qui le jouxte. Assez puissante pour atteindre les tympans de tous les ennemis de ma vie. Tous ceux qui m'ont trouvé médiocre. Les ennemis d'enfance, les professeurs méprisants, les parents sans confiance, les femmes non séduites. La voix de Charlotte les touche, je le sais, pour dissiper leurs doutes, les rassurer sur la justesse de leur jugement.

Extrait :

« Le catholique porte sur le huguenot, l'œil du croisé sur le Sarrasin… Alléluia, crie l'ultra embrochant le nouveau cathare… »

Charlotte porte un regard interrogateur. Sa question est un coup de grâce.

— Quelle est votre spécialité en médecine ?

— Je suis psychiatre.

Silence dense. Éclairée, elle reprend le cours de l'exécution.

— Je vous demandais de développer la philosophie du catholicisme extrême, les moyens de propagande, les noms des libellistes, pas d'énumérer les massacres. C'est un film gore votre devoir. J'ai noté large. Et puis…

Je n'attends rien de bon de ce « Et puis ». Je pense que je pourrais m'en aller sans, pour raser mes fidèles compagnons d'existence, les murs.

— Qui est Siméon ?

— Pardon ?

— Je lis dans votre conclusion : « La ligue se formera contre le traître Siméon. »

— Alençon. Ma plume a fourché.

Charlotte sourit. Moi aussi. Il y a longtemps que je n'ai pas eu ce sourire. Je le sens. C'est neuf. Un sourire sans calcul. Sans cortex aussi. Musculaire. Du visage. Large. Détendant.

— Il est vraiment lamentable votre devoir.

— Je sais.

Elle a un joli rire.

La vie choisit entre le plus utile et le moins laid. C'est ce qui a manqué à Darwin, la dimension esthétique. Il y a une sélection plastique au côté de la naturelle. On ne survit pas seulement par l'utile mais aussi par le beau. Mais Darwin était anglais et raisonnait sur des tortues. Il avait, en plus, une formation de médecin et de pasteur. Autant dire qu'il ne pouvait pas avoir le moindre sens artistique.

Elle me propose de m'envoyer par mail un plan de devoir type. J'accepte.

Je la quitte. Elle m'accompagne à la porte. Au passage :

— Qui est Siméon ?

— L'amant de ma femme.

Son rire est franc, tête droite, mains le long du corps. Je n'ai jamais rencontré une femme aussi séduisante depuis Élisabeth. J'ajoute :

— Ça ne vous bouleverse pas du tout mes catastrophes personnelles.

— Non, pas du tout.

Chapitre XVIII

Antigone et les Walkyries.
Charlotte au bout du fil

— Appelle-la.

— Pour lui dire quoi ?

— Je ne sais pas. *Do you know the theorem of Thales ?*

— T'as rien d'autre ?

— Écoute, t'as eu une note humiliante, on est d'accord. Cette note, tu peux la métamorphoser, sortir le carrosse de la citrouille…

— Culture. On sent la Sorbonne.

— … Tu peux la rendre sensuelle, sexy. C'est la note la plus sublime que tu auras jamais obtenue. Elle t'ouvre les portes du paradis.

— Le paradis, n'exagérons rien, c'est pas Marilyn.

— Mais si, c'est Marilyn. Ta note minable, tu peux la changer en blonde platine.

— Elle est brune, maigre et à mon avis modérément subjuguée par un psychiatre sur le retour qui a eu 4 en examen de licence, qui confond le duc d'Alençon avec l'amant de sa femme et qui lui rend une version gore du catholicisme au XVIe siècle. Elle doit me prendre pour un attardé.

— Je la sens, Antoine.

— Donc, j'ai aucune chance.

Antigone.

Résumé de l'affaire. Deux demeurés, les frères d'Antigone, s'entre-tuent, pour Thèbes, un bled grec de 200 habitants. Antigone veut les enterrer. À priori, pas de quoi en faire une tragédie. Créon, l'oncle, devenu roi, décide de n'en enterrer qu'un seul, pour en faire justement une tragédie. « Non », dit Antigone, « deux ». « Si », dit Créon, « un ». Et ainsi de suite. Comme on peut l'observer, celui qui a inventé l'histoire ne s'est pas foulé. Deux heures plus tard, Antigone, qui n'a aucune conversation, continue à dire « Non ». Circonstance atténuante, elle est la fille d'Œdipe, qui n'est pas un modèle de lucidité. La mère d'Antigone était en réalité sa grand-mère, ce qui peut constituer un facteur de perturbation psychologique.

Créon fait tout ce qu'il peut pour lui rendre sa bonne humeur, lui propose d'épouser son fils, un benêt du nom d'Hémon. Antigone, de nuit, jette une poignée de poussière sur le corps de son frère en voie de décomposition tranquille sous les remparts. Fureur de Créon. Antigone est enterrée vivante une heure après, au grand soulagement du spectateur normalement constitué. Hémon contrarié se pend, les gardes du corps sont exécutés et Créon monologue en attendant de percer son ulcère.

Cette pièce est un tunnel.

Nous sommes tous réunis pour la première. Au premier rang, Madeleine, Janus, les enfants, Rose et Lucienne. Derrière, les professeurs, les parents d'élèves, les élèves, les visages connus des inconnus croisés tous les matins aux portes de l'école. On s'ignore au-dehors, on se salue au théâtre. L'indifférence est suspendue. Elle nous attend à la sortie, au vestiaire, avec les manteaux.

J'ai reculé avec Félix vers les rangs du fond, pour m'éloigner des conversations. Lever de rideau dans quinze minutes.

— Elle dure combien de temps ta pièce ?

— Deux heures. C'est pas ma pièce.

— On pourra peut-être faire un tour, non ?

— Non.

Thierry vient nous rejoindre et nous informe.

— Je reviens des coulisses. Il n'y avait personne dans les loges. J'ai trouvé le portable d'Élisabeth. Je l'ai rangé…

— C'est passionnant ce que tu nous racontes, Thierry.

— … dans le manteau de scène de Créon.

Thierry s'installe confortablement dans son fauteuil, l'air indifférent. Dans un même mouvement, nous penchons vers lui. J'ai la vision de deux abeilles sur un pistil. Complot. Félix lance un regard de surveillance circulaire. Je baisse ma voix.

— Allumé ?

— Rallumé.

Nos trois regards se croisent.

— C'est très mal, ça, Thierry.

Félix s'intéresse soudain à la pièce. Les tragédies grecques révèlent leur charme irrésistible.

Thierry maîtrise la situation. Impressionnant de détachement.

Impassible, il ajoute :

— J'ai eu le temps de changer la sonnerie.

J'interroge :

— Puissante ?

— Wagnérienne.

L'admiration de Félix s'exprime sous la forme d'un hochement de tête permanent et agaçant au bout du compte. Je lui demande de le faire cesser ou d'aller hocher ailleurs.

Je savais que Thierry se révélerait un jour. Je pense, à ce moment, au beau dialogue qu'on m'a rapporté : Qui aimes-tu le mieux, ton frère ou ton ami ? J'aime mon frère quand il est devenu mon ami.

Le rideau va se lever. Nous restons tous les trois en silence. Une grande paix nous enveloppe. Les trois coups nous désignent, un par un, élus du destin. Le même sourire léger flotte sur nos lèvres. Une douceur bienheureuse se pose sur nous en rosée. Je m'incline vers Félix qui recueille ma voix délassée.

— Tu as ton portable ?

— J'ai.

— Numéro caché ?

— Numéro caché.

— Je pourrais éventuellement te l'emprunter en cas d'urgence ?

— Éventuellement.

Thierry a repéré au deuxième acte un grand monologue où Créon est seul en scène. En attendant, j'observe que la vengeance est un plat qui se mange à n'importe quelle température et qu'il n'est pas inutile de méditer sur le fait qu'on ne gagne rien à se venger, en dehors d'une intense satisfaction.

Élisabeth est sublime. Une verticale noire. Antigone c'est elle. Sa voix aussi est droite. Elle passe par ses deux points d'énergie et de jeunesse, le chemin le plus court pour la grâce. Le théâtre a la clé. Le théâtre seul. Moi, pas. Elle voulait être actrice. Elle a manqué de volonté. J'aurais dû être sa volonté, la conduire de force. Péché de prudence ou de paresse. Je l'ai aimée plus que n'importe qui, infiniment pour moi, pas assez pour elle.

Félix :

— Elle est bonne.

Non. Elle met au présent. Antigone. Nous. Je l'écoute comme il le faut. Sans souvenirs. C'est le but à atteindre pour le bonheur des instants. Couper le cordon de mémoire.

L'arrivée de Créon me sauve de l'indulgence.

Siméon tient ses promesses. Lourd, faux et postillonnant. En gerbes argentées dans le faisceau des néons. Les gardes autour de lui reculent, son petit page aussi avec mes dernières hésitations.

Je crois en la justice divine lorsque je l'administre.

Acte 2. Monologue de Créon.

Félix sort son portable.

— Tu as parfaitement conscience que ce n'est pas d'une grande élégance.

— Parfaitement.

— Tu m'autorises à faire le numéro ?

— Je t'en prie.

Nous attendons le signal de Thierry qui connaît bien la pièce.

Le pouce au-dessus de la touche verte, je pense aux dix commandements. L'appel malveillant n'est pas mentionné.

L'esprit allemand s'accorde mal avec l'esprit grec. *La Chevauchée des Walkyries* par exemple n'est pas le meilleur fond musical d'accompagnement d'une pièce de Sophocle. Encore fallait-il le démontrer. C'est fait.

Elle commence ascensionnellement à partir de la poche droite de Créon. C'est profond au début, lointain, mais clair. De plus en plus, au long de son texte, avec une écoute nouvelle dans la salle. Le réveil des somnolents et la pause des tousseurs aggravent le silence, en écrin pour le recueil de la chevauchée. Elle monte maintenant, en cathédrale. Et Siméon chancelle. Il force sa voix pour couvrir le galop des Walkyries. Je vois la crispation de sa main, en relief au fond de la poche de son manteau royal. Thierry a plongé dans les doublures, au plus profond des tissus. On a l'impression que le roi se gratte furieusement la cuisse gauche.

Dans les néons, l'écoulement de la sueur s'additionne à la perte de salive. Le roi se déshydrate. Les rires des élèves sont faiblement châtiés par les regards rigolards des confrères peu compatissants. Thierry est imperturbable. Félix glousse. Siméon tient. Statufié au milieu de la scène. Sa voix est devenue monocorde et chute d'octave en octave.

Personnellement, je trouve que l'angoisse améliore la qualité de son jeu. Les Walkyries galopent autour de lui. Des « Allô » farceurs fusent de la salle. La solitude de Créon s'exprime bien. Les doigts de Félix battent la mesure sur l'accoudoir qui nous sépare. Quatrième retour du mouvement principal. On ne se lasse pas de la grande musique.

Fin d'appel.

Siméon se reconstruit. La voix tremblée s'assure. Le monologue reprend et s'impose sur l'écho. Point à accorder à l'ennemi : un certain sang-froid. Le roi tient encore debout, avec une petite avance d'intérêt compassionnel que l'on accorde à son semblable accidenté.

Félix résume :

— Il a des couilles, quand même.

Une phrase signifiante. Mais la référence génitale a un effet négatif sur moi. La vision des corps mélangés de Siméon et Élisabeth m'assaille, avec une précision dans le détail qui abat ma bonne humeur.

Félix, toujours intuitif, vient m'extraire de la chambre nuptiale.

— J'ai une fonction rappel, si tu veux.

J'interroge Thierry du regard. Il acquiesce fraternellement.

La deuxième charge des Walkyries ne laisse pas de survivant. Siméon écrasé s'affaisse en balbutiant des excuses. Dernière image du roi Créon, cherchant à arrêter la sonnerie de son téléphone portable devant une cour consternée. Rideau. Chaos théâtral.

L'expression « brûler les planches » s'adapte à la performance siméonesque si l'on admet que l'acteur brûle en compagnie des planches. Je pense que parmi tous les charmes de mon rival, au moins un n'aura pas échappé à l'incinération : la dimension artistique.

Le metteur en scène empourpré annonce, quelques minutes plus tard, la reprise de la pièce. Le rideau s'ouvre sur Antigone. Le silence se fait. Élisabeth imperturbable sauve la tragédie. Créon a abandonné son manteau et cherche des habits d'ombre dans les coins. Elle est dans la lumière jusqu'au bout. Le noir accompagne sa descente au tombeau.

Les applaudissements sont pour elle.

Nous rejoignons la troupe dans les coulisses. L'air bienveillant. Félix embrasse, Thierry complimente. L'ambiance est plutôt rieuse. On ne parle que de « l'incident ». On nous interroge. Nous nous accordons pour défendre la thèse que la pièce a gagné en intensité dramatique.

Élisabeth me regarde étrangement, avec peut-être une pointe de sourire. Je la félicite.

— Tu as aimé ?

J'aime toujours.

Des complimenteurs s'approchent. Je préfère continuer vers les loges pour retrouver Créon, qu'il faut aller chercher dans sa retraite. Thierry et Félix m'ont précédé. Ils participent à l'enquête, en volontaires motivés. Siméon soupçonne les élèves. Le nom de Ferdinand a été évoqué, mais il a un alibi : Madeleine, qui n'a pas quitté mes fils depuis le départ de la maison. Thierry suivrait plutôt la piste d'un professeur jaloux, Félix rechercherait volontiers un coupable au sein de la troupe, un garde dont l'air lui a paru moqueur.

Je regarde de près mon ennemi à terre. Il a repris ce ton condescendant qui me fait regretter un troisième appel. Je prends des nouvelles de sa santé, avec l'air inquiet du médecin qui vient de recevoir la radiographie pulmonaire d'un travailleur de l'amiante.

— Ça va ?

Je rajoute une phrase que j'affectionne :

— C'est vraiment pas de chance.

Siméon est moins amical avec moi depuis plusieurs semaines. C'est un indice que j'aurais pu saisir. Moins tutoyant, moins frappeur d'épaule. Je multiplie les paroles d'encouragement pour la suite de sa carrière. Félix le remercie pour la bonne ambiance de la soirée. Thierry, avec son souci d'analyse, développe l'idée selon laquelle il y a toujours un ressort comique dans une tragédie qui demande du talent pour être détendu. Siméon nous remercie pour notre soutien et demande à s'isoler.

Nous le quittons à regret.

Je pense que *La Chevauchée des Walkyries* sera l'hymne de notre amitié.

Dix jours avant la rentrée universitaire. Les plages libérées sur mon emploi du temps sont vides. Emploi du temps. Jamais le terme ne m'a paru aussi riche de sens. Le mode d'emploi du temps est celui que vous découvrez à la naissance, traduit dans toutes les langues, sauf dans la vôtre. Les mots sont des indicateurs très fiables. S'il faut employer le temps, c'est que naturellement il est sans emploi. Le chômage du temps est un problème qu'aucune société n'a su résoudre. Sans nous, le temps ne fait rien. Une fainéantise chronique qui résiste au siège de l'action. Abandonné à lui-même, le temps se clochardise. Il ronfle éternellement. Inactif et bruyant. Inutile puisqu'il ne nous accueille pas dans ses rêves.

Je marche dans Paris pour m'occuper. Je longe la Seine, le canal. Je suis l'eau. Je me promène le long des fleuves, à cause du courant. Pour donner des idées de mouvement à mon existence.

L'après-midi, j'écoute les questions des malades. Je les laisse répondre. Marie-France se porte bien. Il tombe une bruine froide sur Paris. Un sursaut d'hiver qui gèle les premières jonquilles de l'optimisme.

Je consulte mes mails.

Message : *Vous trouverez ci-joint un exemple de plan que je propose aux étudiants en travaux dirigés. En cas de besoin vous pouvez me joindre au…*

Portable de Charlotte.

... Bien à vous. C. Baugin.

— C'est bon signe.

— Quoi ?

— Le « bien à vous ».

— Ah bon ?

— Bien sûr. Il faut entendre les messages. Exemple, tu as une femme dont tu rêves au téléphone, si elle te dit « je vous écoute », c'est pas la même chose que « je suis tout ouïe ». Tu vois la nuance.

Félix verse de plus en plus dans l'explication métaphorique. Influence de Luchino et Violetta aux jeunes esprits sensibles à la linguistique psychanalytique.

— Et puis, elle te donne son numéro de portable. C'est énorme.

— Oui, c'est le mot, énorme.

— Ce mail, c'est une déclaration.

— Tu veux le relire ?

Félix réfléchit à une image que pourrait saisir mon cerveau chloroformé.

— Antoine, si une jolie femme te fait du pied au restaurant, comment tu réagis ?

— J'attends de voir si elle ne me confond pas avec le pied de la table.

— Si elle est vraiment très jolie ?

— Je change de place.

— Le pied de cette femme sublime, c'est le numéro de téléphone de Charlotte. Appelle-la tout de suite.

— Non.

Félix compose le numéro de force et me tend l'appareil.

Messagerie.

Elle a une voix gaie. Gaieté rime avec sensualité. Mais pas avec production verbale.

Tonalité glaciale avant message.

Je reste muet.

— Dis quelque chose.

Je ne trouve pas. Félix frappe mon épaule.

— Bonjour…

Bel effort.

— … C'est le docteur Saint-Bernard…

Voilà. Chaque mot que je prononce est une marche que je descends sur l'escalier de la séduction.

— … J'aurais une précision à vous demander. Je suis désolé.

Tonalité de fin de message. Moqueuse.

Silence. Félix me regarde, l'air interloqué.

— Tu avais préparé là ?

— Merde.

— Docteur Saint-Bernard… Tu devrais faire des fiches.

Voilà. Appétit coupé. Je déjeune avec les sarcasmes de mon ami. Situation type où mon appétence à l'alcool tient à s'exprimer à voix haute. Je bois donc.

Sonnerie de mon portable.

— Bonjour, c'est Charlotte.

J'évite de justesse le « Charlotte comment ? ». J'ai une impression de désert cérébral. Il y a des chutes de QI comme des chutes de tension. Des collapsus intellectuels qui demandent un traitement urgent.

— J'ai beaucoup aimé votre plan.

— Merci.

Il faut que je m'améliore. Je peux m'améliorer. J'inspire.

— Je vais essayer de suivre votre plan.

— C'est bien.

Regard de mon ami sur moi. Navré. En muse, il me serre un double verre de morgon. Je demande une seconde à Charlotte. Si je ne me reprends pas, je ne me le pardonnerai pas. Du fond du verre, je m'élance.

— En réalité, je n'ai pas lu votre plan et je n'ai aucune précision à vous demander. Je voulais simplement savoir si vous accepteriez de dîner avec moi.

Il y a dans le quitte ou double l'équivalent d'une conduite suicidaire que j'assume. Dans mon cas, je vois le barillet du revolver sur ma tempe qui tourne, chargé de cinq balles.

— D'accord.

CHAPITRE XIX

Camille. Le traitement des affections sérieuses. Veille

Au Moyen Âge, on brûlait les psychiatres. Lire dans le passé, c'était pratiquer l'art du diable. Merlin l'exerçait cet art, l'enchanteur. En bon fils du Malin, il forçait les mémoires. Un jour, il se convertit. En devenant chrétien, il apprit l'art de Dieu, connaître l'avenir.

J'ai passé vingt ans de ma vie à exercer un art diabolique, à fouiner dans le passé des gens, à extraire les vieux démons, les monstres fossiles. Les malades viennent me consulter pour ça, pour lire dans leur passé.

J'ai observé que le futur ne les intéressait pas. L'un d'entre eux me l'a clairement exprimé : « Mon avenir ne vous regarde pas. » Dans mon cristal de médecin, je recule donc. Dans ma vie affective aussi. Je passe mon temps à chercher les clés de ma tristesse conjugale. Vers l'arrière.

Je dîne avec Charlotte dans deux jours. Je cherche des prises de passé. Je n'en trouve aucune. J'ai perdu l'habitude d'être seul. Face aux personnes, face aux événements. Ma vie est secondée. Je joue avec un souffleur : la médecine pour mes malades, et pour Élisabeth, un double de moi-même que j'ai fixé dans la cire.

Je téléphone à Camille, un ami psychiatre. Un jungien qui voit loin dans nos névroses. En arrière lui aussi, mais beaucoup plus, vers les racines de l'humanité, de l'univers. Il n'est pas toujours facile à suivre. Mais j'ai confiance en lui.

Il a dix ans de plus que moi. Il a voyagé avant la médecine, autour du monde. Nous avons commencé ensemble à l'hôpital. Ensuite sa carrière a bifurqué avec des hauts et un très bas dans les années 90. Radié de l'Ordre des médecins pour pratiques non conventionnelles.

Il est vrai que son cabinet de consultation ressemblait à un atelier d'alchimiste, ses livres à des grimoires. Son lit d'analyse était entouré de bougies allumées qu'il éteignait une à une au cours de l'examen, à chaque parole qu'il jugeait riche de sens. Il avait été accusé de magie noire, par des patients rationalistes.

Pour Camille, la pathologie du corps était toujours volontaire. Il était très radical sur ce sujet. Le corps était une victime de l'esprit. Il refusait le concept de l'affection accidentelle en médecine. Il avait déclaré qu'il n'y avait pas de maladie mortelle mais seulement des suicides programmés par l'inconscient. Il responsabilisait tellement les malades que la plupart s'effondraient et finissaient par porter plainte contre lui.

On pouvait le prendre pour un illuminé, mais il était extrêmement pénétrant avec une lecture voyante du charabia mental. Des psychiatres reconnus venaient encore lui présenter leurs dossiers difficiles.

Il continuait à exercer librement, libéré de l'œil du Kremlin médical, et vivait très largement. Il recevait dans un cabinet rempli de blocs d'ambre brut. Symbole. Il disait que l'expression de nos résines fossilisées était le but du travail analytique. Il ne fallait pas remonter le cours de nos minuscules histoires personnelles, mais mettre le cap sur l'océan où elles retournaient toutes. Primordial.

Sa clientèle était une forêt prise dans les sédiments du temps. Chaque malade avait son arbre. En l'état, je me voyais comme un bonzaï et lui comme un séquoia. Il était grand, beau, illuminé et lumineux. L'âge l'avait voûté, mais sans intention de lui nuire. La courbe lui donnait de la profondeur, de l'ombre. Un homme chapelle.

Je lui résume ma situation existentielle.

Diagnostic de Camille : trop de pensées.

Affection sérieuse.

Je me suis toujours demandé ce qu'il y avait en miroir de l'affection sérieuse. L'affection gaie sans doute. Les médecins qui utilisent ce terme ont dû les rencontrer la maladie joviale, la tumeur blagueuse, l'infarctus tordant.

Pour le traitement, Camille est clair. C'est ma vie qu'il faut traiter.

Par perfusions spirituelles.

Je suis atteint de scorbut mystique. Une carence chronique d'une vitamine de l'âme. Conséquence : chute de la confiance et de la joie. Comme les dents des marins dénutris.

Traitement : varié. Les mandalas. La prière. La méditation. La lecture de Maître Eckhart.

Il a raison, j'ai sombré dans la matière. Dans la mienne.

Selon Camille, la matière c'est le « je ».

Lesté de « je », je veux mettre ma vie en mouvement, hisser l'ancre. Obstacle : je suis l'ancre. Je ne suis pas l'unique responsable de mon poids. J'ai des complices. J'ai toujours pensé que, seul dans l'existence, je serais meilleur médecin, meilleur homme. L'autre serait mon loisir. Mais ceux qui vous aiment sont des briseurs d'altruisme. Les nôtres sont nôtres précisément, possesseurs et possédés.

— Pourquoi n'es-tu pas d'accord pour être heureux ?

— Je suis tout à fait d'accord.

— Non. Tu as une vie protégée. Avec des anges gardiens délicats. Il ne t'est rien arrivé de brusque. Tu n'as pas accepté le calme.

— Pourquoi ?

— Parce que tu es avide. Réfléchis sur ce mot.

En séparant les syllabes, je sais. Camille me tend un recueil de ses pensées. Je vais guérir.

Avant de me quitter, il m'interroge.

— Ta femme va mieux ?

— Mieux ?

Camille voit mon trouble.

— Je l'ai suivie. Je pensais que tu étais au courant.

— Non, je ne savais pas.

Élisabeth suivie.

— Depuis quand ?

— Un an. Elle n'allait pas bien. J'ai failli t'appeler et puis les choses se sont faites.

Les choses se sont faites. Phrase déponente.

En sortant de chez Camille, j'essaie d'être un autre. Je cherche un nouvel accord. Je marche à pas mesurés dans la ville, ce grand cloître. Je résiste à la tentation des épaules bousculantes, des voix fortes, des sirènes. Je regarde mes pieds. En attrapant mon image dans le reflet d'une flaque, je me dis que je n'incarne pas le plein épanouissement du quarantenaire en fin de décennie.

Avide. A privatif, hors du vide. A directionnel, vers le vide.

Je trouve un square.

Les jardins à Paris déclinent les mêmes modèles humains. Les vieux, les jeunes mères désexualisées, les nurses indifférentes et les ivrognes. Les enfants se confondent avec les pigeons. Je ne les compte pas. Il est très difficile de rencontrer des êtres communicants dans les squares. Je rejoins un banc, au pied d'un peuplier. Mes mains tremblent. Est-ce que la pensée tremble ? Bien sûr que la pensée tremble. Le cœur aussi. En peuplier, en tremble précisément, l'arbre humain.

Dîner familial. Madeleine s'est invitée. Je l'invite donc. Janus a été hospitalisé pour une nouvelle poussée de diabète. Madeleine juge sa chambre trop bruyante, à proximité du box des infirmières, « une volière de pies bavardes qui devraient demander à être payées au mot pour faire fortune ». Message que je dois faire passer à la surveillante dans un délai que je suis libre d'apprécier entre ce soir et demain matin. Elle m'autorise également à livrer au chef de service l'exclusivité de ses observations sur le fonctionnement de son unité avec un raccourci historique entre les hôpitaux français et ceux de Varsovie à la fin de la Deuxième Guerre mondiale qui n'avaient rien à leur envier.

Élisabeth m'annonce une tournée théâtrale dans les écoles d'Île-de-France, en cinq dates d'absence. Ferdinand s'inquiète pour l'avenir de sa carrière scolaire. Louis veut commencer un stage de musculation.

Je pense à une cure, dans un endroit reculé, où les visites de ceux qui vous aiment seraient formellement interdites.

Madeleine a annoncé qu'elle nous quitterait tôt. À 23 h 55, Élisabeth repousse gentiment sa mère vers la sortie. Le manteau sur le dos, les souvenirs de sa cystite récidivante lui reviennent. Elle me tend le résultat de l'examen cytobactériologique de ses urines, heureusement stériles.

Seul avec Élisabeth.

Il nous reste très peu de temps. Je dîne avec Charlotte demain soir. J'ai parlé d'une réunion avec d'anciens internes. Elle a un geste de tendresse, sa main sur ma joue. Un signal.

Je n'ai jamais parlé à Félix de ma vie intime avec Élisabeth. Je sais tout de la sienne, avec Lucienne, avec toutes les autres. Il croit que je suis très friand de ses histoires. En réalité, je n'aime pas ça. Je participe du sourire, mais rien de plus. Je passe le ricanement en épreuve d'amitié.

Élisabeth m'attend dans la chambre.

J'hésite. Pas par manque de désir. J'ai toujours désiré Élisabeth. Quand Félix me demande des détails, j'élude ou je mens. Je ne parle jamais du parfum de sa peau et de ses cheveux qui est une caresse longue. J'altère pour faire cesser les questions. C'est un réflexe ancien.

Je dénigre ce que j'aime pour le garder pour moi. Le partage des sentiments en emporte des bouts. C'est pour cela que je ne partage avec les autres que du gratuit. Pas en hypocrite. En prudent. En pauvre, habitué à cacher ce qu'il possède. Quand on m'envie quelque chose, j'ai l'impression qu'on me le vole. Je ternis donc ce qui compte pour moi, pour détourner les attentions. L'avidité des autres pour notre essentiel est sans limites.

En poussant la porte, je me dis qu'il y aura deux obstacles à franchir, les images de Siméon et celles de Charlotte. Mais le corps d'Élisabeth les renvoie hors de la chambre. En sentinelle.

Plus tard Élisabeth allume une cigarette.

Je regarde la fumée prise dans la pièce.

Camille a raison, quelque chose me manque toujours.

— Je peux revenir si tu veux, entre les dates des représentations.

Vouloir. Verbe du troisième groupe. Non-finaliste. La médaille de bronze qui récompense le champion raté. Vouloir, pouvoir, verbes à fléchir. Le seul verbe du troisième groupe qui me seconde est surseoir.

Chapitre XX

Charlotte face à face

— Vous attendez toujours que les choses se fassent toutes seules ?

— Sans alcool, oui.

Charlotte. Restaurant. 21 heures. Je vis cette soirée comme un compte à rebours.

Félix m'a suggéré une tenue de conquête, chemise mauve, cravate rouge. Message : je n'ai peur de rien. J'ai donc choisi mon costume gris quotidien. Message : si, j'ai peur. Pas du risque d'échec. J'ai peur de la conversation. De sa durée. Mes capacités de séduction s'essoufflent assez vite avec le discours. J'ai un bégaiement de l'imagination au-delà d'un seuil de mots très bas.

J'ai essayé toutes les méthodes pour tenir le verbe droit, pour conserver l'érection du verbe, médicalement assistée. Les résultats sont décevants. La conversation est un sondage de puissance. Les femmes ne s'y trompent pas. Il y a un enjeu sexuel derrière chaque réplique. Elles ne vous écoutent pas, elles dosent vos vertus hormonales, en chimistes libidineuses. Il faudrait que je parvienne à me libérer de cette vision sexualisée du dialogue mixte. Inhibante en réalité mais exacte. D'ailleurs le silence me fait rougir. Comme la nudité.

Ce soir, je n'ai pas le cœur à paraître. J'ai décidé de risquer le naturel avec Charlotte. Ce qui n'est pas mon meilleur atout en règle générale. Mais il faut de la gaieté pour feindre. J'en manque. J'essaie de me dire que je ne serais pas mieux ailleurs. Je m'en persuade par élimination. Jeudi soir pluvieux à Paris. Chez moi, avec Élisabeth et notre amertume, chez Félix qui voudra sortir, chez Thierry qui me proposera son aide affectueuse. Devant un écran ou une scène où je ne verrai que de l'agitation. Au creux d'une vodka qui abîmera mon foie.

Les mathématiques me conduisent à Charlotte.

Théorème de Pythagore. Postulat : ma vie est un triangle rectangle. J'élève Charlotte au carré, je m'élève aussi. J'additionne. Je trouve le carré du côté qui me manque.

— Pourquoi avez-vous accepté ce dîner ?

— Parce que j'ai bien aimé votre devoir.

— Je croyais qu'il était lamentable.

— Oui. Mais il m'a fait rire.

— Vous notez toujours aussi méchamment quand on vous fait rire ?

Première épreuve de silence, en attendant de prendre la commande. Un serveur neuroleptisé avance à pas lents vers la région de nos tables en évitant soigneusement la nôtre. Détaché à vrai dire. Sans animosité contre nous, mais détaché. Le signal de mon bras furtivement levé n'est pas décodé. Il passe entre les chaises, lointain, insensible à la supplique de mon regard. Insensible à tout, d'ailleurs, car il y a d'autres appels au secours, autour de nous, non perçus.

J'ai choisi un restaurant tibétain. Pour l'exotisme. L'idée a plu à Charlotte. Je n'avais pas prévu qu'il fallait s'adapter à la sérénité comme à la douleur. En passant par un premier contact difficile.

Charlotte est simplement comme je l'attendais. Avec moi.

Cette sensation d'être en compagnie d'une inconnue, je ne l'ai éprouvée que deux fois dans ma vie.

Sous l'influence de Félix, j'essaie de lire un message dans sa tenue. Jean, chemisier blanc, cheveux tirés en arrière, pas de bijoux. Le cryptage des femmes selon lui est un code binaire qu'un cerveau lésé pénètre en quelques secondes. Charlotte n'est pas cryptée.

En attendant le retour du serveur, en lévitation dans un coin reculé du restaurant, j'ai l'impression d'entendre sa voix pour la première fois.

Recours à nos points communs. Les retrouver. Retrouver est le mot juste. Il y a une intimité ancienne entre nous. De vieilles racines qui ne se montrent pas, mais qui courent sous les sols des attirances, des amitiés, des amours.

Réflexion faite, nous ne partageons aucun point commun.

Pour moi, c'est un avantage chez une femme, une qualité de séduction essentielle, la dissemblance. Si je me retrouve, je m'écarte.

Le tour de moi-même, je l'ai fait en analyse, plusieurs fois. Ça m'a laissé une impression de vertige, comme à la sortie d'un manège. J'ai, en ma compagnie, un retour de nausée, qui m'éloigne préventivement de mon prochain trop proche.

Nous trinquons aux points communs. Avec des verres vides. Ce qui porte malheur, au même titre que les parapluies ouverts dans une maison et tous les objets détournés de leur fonction. Je pense que les situations vides de sens devraient aussi être redoutées et affrontées avec un talisman. Ma situation avec Charlotte n'est pas vide de sens. Je le sais.

— Vous êtes marié.

— Non.

— Depuis combien de temps ?

— Trente ans.

On fait le tour de nos histoires. Vite. Passage obligatoire dans la relation verbale. Le « Qui êtes-vous ? », « Que faites-vous ? », « Que possédez-vous ? ». Je voudrais ne pas m'attarder.

La phrase policière la plus psychiatriquement chargée est « Je vais vous verbaliser ». Preuve que la verbalisation est une sanction.

Le mot a un coût, légalement établi entre 40 et 170 euros. Je pense toujours à cette phrase dans ces travaux d'approche des relations mondaines. Ces camps de base qu'on établit avec des mots, au pied des individus pour préparer son corps avant l'ascension.

Prendre du souffle contre cette promesse d'asphyxie que les rencontres affectives annoncent. Himalayennes et donc potentiellement fatales.

À propos d'Himalaya, notre serveur a surgi. J'ai sursauté devant l'apparition. L'homme ne veut pas nous brusquer et nous propose un nouvel apéritif de temps pour peser notre choix, dans l'ivresse des minutes déjà consommées. Il recule doucement pour nous laisser cuver, je l'attrape par la robe. Il semble écouter notre commande avec l'air intéressé mais s'éloigne sans prendre la direction des cuisines, vers la porte du restaurant qu'il franchit souriant, un manteau sur le dos pour disparaître dans la nuit parisienne. Le restaurant tibétain est une table de nourritures spirituelles.

Il a été déposé au centre de nos assiettes un petit livre jaune contenant les idées-forces du Dalaï-Lama. À méditer avec un sandwich.

Nous résumons nos vies au plus court. Nous échangeons nos cartes d'identité intimes qui ne nous apprennent rien l'un sur l'autre. Nous passons vite la frontière en ne déclarant rien.

Charlotte. Mariée à dix-huit ans. Divorcée. Une fille de quatorze ans. Professeur d'histoire moderne à la Sorbonne. Un appartement près du mien, derrière le Panthéon. Joue du violon et court autour du Luxembourg.

Antoine. Marié à dix-neuf ans. Toujours marié. Deux enfants. Psychiatre. Un appartement près du sien devant le Panthéon. Ne joue d'aucun instrument (a horreur de la musique) et marche autour du Luxembourg.

— Qu'est-ce que fait votre femme dans la vie ?

— Elle est linguiste.

— Décrivez-la-moi.

Je sais que mon concours se joue à cet instant précis. Sur cette question. Avec un risque de note radicale, sans rattrapage possible. Élisabeth décide de mon sort amoureux.

Par habitude, je me prépare à noircir. Mais le regard de Charlotte est intense sur moi, dense, en tamis de lourdeur, de manipulation, de mensonge.

J'ai une photo d'Élisabeth. Je la lui tends.

La description d'Élisabeth, il faudrait la faire simplement. Avec un style léger. Sans adjectif, sans adverbe. Il ne faudrait pas du tout d'images, pas de métaphores. Pas de « comme », pas de « pareille à ». Il faudrait calculer les rythmes des phrases, la cadence, en utilisant peu de syllabes, avec des mots délicats, sans superlatifs, sans vibrations excessives, sans à-coups. Il faudrait parler calmement d'elle. Retrouver ce calme de la durée entre nous, dans la manière de dire. Le calme non menacé des lieux de prière, des lieux d'amour.

— Je n'ai pas fait un pas sans elle.

Sans elle, je n'ai pas fait un pas. Depuis trente ans. Des chiffres de vieillards, de couples anciens, qui fêtent leurs noces de métaux précieux que tout le monde confond.

Charlotte attend plus. Je donne des détails sur ses goûts, son histoire, les petites pièces qui s'imbriquent et se retirent.

— Vous lui en voulez ?

— De m'avoir trompé, non. Je lui en veux de ne plus m'accompagner.

— Il faut vous accompagner dans la vie ?

— Oui.

Elle gagne en présence. J'ai une certitude qui ne se communique pas. La raison pour laquelle je suis capable d'aimer Charlotte est que je n'aimerai jamais personne comme Élisabeth.

— Et vous, est-ce que quelqu'un vous accompagne dans la vie ?

— Ma fille.

Il y a quelque chose. Une note qu'une oreille de psychiatre perçoit. Un signal d'importance. C'est subtil, une petite onde, une syllabe blanche, un passage furtif de douleur sur le visage, dans les yeux, un courant d'air de douleur. Je n'attends pas. J'ai le sentiment que nous sommes pressés. Fille unique.

— Je ne peux plus avoir d'enfant.

Vite. Lui rendre. La même valeur d'intimité. Une vérité de moi-même sans calcul. Juste. Pas un fait divers, une petite horreur de la vie qui émeut le cœur de n'importe qui. Vite. Des mots comme si j'étais seul. Ce que je peux dire de plus vrai sur moi : je crois que je ne suis pas heureux.

Des boules d'encens font monter une fumée dense qui nous dissimule un peu plus de l'œil clos de nos serveurs. Un gong nous rappelle que dans ce monastère culinaire, on ne mange pas sans méditer.

Nous avons négocié un bol de riz, en priant, et quelques boules de viande. Le dessert nous a paru inaccessible, comme un sommet népalais qu'on monte des yeux.

Le serveur fuyant est revenu, avec une sorte de longue trompette, dont il fixe l'embout sur un tuteur en Y, à quelques centimètres de mon oreille gauche.

— Ce n'est pas une trompette, c'est un doungtchen.

L'information ne modifie pas significativement ma situation.

Des serveurs viennent autour de nous, en frappant doucement leurs paumes. On nous propose des clochettes. Symboles de vacuité selon Charlotte qui, je le découvre, maîtrise la civilisation tibétaine depuis un trek au pied de l'Everest. Le concert rituel commence, avec participation fataliste des convives menacés d'inanition.

Voilà. Je n'ai pas eu besoin d'accélérer le temps. Je regarde Charlotte en secouant ma clochette au-dessus de ma tête, absolument sourd de l'oreille gauche. Elle fait tourner ses mains, dans une chorégraphie qui m'apparaît plutôt balinaise, mais qui est juste. Je retrouve des sensations anciennes, de désir, de timidité, d'émotion. Et signe le plus sûr pour moi, à ce moment, je me sens capable d'agir.

Le silence nous a repris après, à la sortie du restaurant. Charlotte avait laissé sa gaieté. J'ai tourné des phrases inutilement, sans aller au vrai. En trahissant mes engagements du soir. J'ai vu revenir la tentation de la passivité. J'y ai cédé. J'ai attendu un geste d'elle, je suis retombé dans mes travers. J'ai cru avoir fourni un effort suffisant. Deux termes en absolue contradiction avec mes sentiments.

Avec mes patients que j'analyse, ou l'inverse, nous parlons des contradictoires pour désigner ces pensées en opposition avec la pensée désirée. C'est la plaie du psychisme humain, la production des contradictoires. La matière spirituelle génère son antimatière, en miroir des idées, idées-ombres, dangereuses, désireuses de conscience. Elles ne coexistent pas, si elles se touchent, elles se détruisent.

J'attendais que Charlotte prescrive, qu'elle traite mes carences de cœur, qu'elle m'entraîne contre ma volonté, dans le sens de ma volonté.

Ce qu'elle ne fit pas.

Devant sa porte, je proposai un nouveau dîner, à une altitude maritime. Elle me dit qu'elle devait y réfléchir et ajouta avant de me quitter :

— Je n'ai qu'une seule exigence dans mes relations avec un homme, Antoine.

— Laquelle ?

— Je ne veux pas lui être utile.

CHAPITRE XXI

Les écoutes

Déjeuner du vendredi chez Félix.

— Ça s'est bien passé ?

— Oui.

— Tu l'as… ?

— Rencontrée, oui.

— Vous avez parlé de quoi ?

— D'Élisabeth.

— D'accord.

Félix me désigne une table au fond du restaurant.

— Elles sont là.

Elles. Élisabeth, Lucienne, Rose. Déjeuner mensuel. Hommes non souhaités. Je salue de loin.

— J'ai quelque chose à te montrer.

Félix me conduit au sous-sol. Vers une petite porte au fond de sa cave à vins. Une pièce inutilisée sous la salle du restaurant. Fermée à clé. Il jette un coup d'œil en arrière vers un suiveur imaginaire et me demande de chuchoter. Les complots de Félix sont toujours annoncés par une préparation d'intensité inversement proportionnelle à leur intérêt.

Nous entrons. Deux chaises, une petite table au centre avec un poste de radio, relié à une antenne. J'interroge du regard.

— Je les ai mises sur écoute.

— Tu les as mises sur écoute ?

— Oui. Une puce que tu commandes sur internet. Tu la fixes sous la table et tu écoutes. 80 mètres sans parasites. Comme si tu les avais au téléphone. Qu'est-ce que tu en penses ?

— Que tu es dégénéré.

Il y a ce charme, chez Félix, d'élasticité. Il s'exerce sur les limites, au sens large. Elles peuvent être repoussées, à tout moment, en particulier celles que les règles les plus élémentaires de moralité établissent. Il y a des langues qui restent indéchiffrées en dehors d'un cercle très restreint. Pour Félix, l'éthique s'apparente au sumérien.

— Il est hors de question que j'écoute quoi que ce soit.

— Assieds-toi, c'est Élisabeth qui parle.

Je m'installe à ses côtés. Il me tend une paire d'écouteurs.

— Je trouve ça très humiliant.

— Tu peux baisser le son, si tu veux.

Écoute. Pensée préventive : on dit rarement vrai dans la vie. Dans un lit d'hôpital, quelquefois, quand les choses vont très mal, à bord des nuits sans sommeil, des drames. C'est la solitude qui garantit la franchise.

Ce qui permet de conclure que tout ce qu'on dit sur vous est mathématiquement faux dès l'instant où on le dit à quelqu'un d'autre.

La vérité ne résiste pas à l'échange. L'autre est un prisme à mensonges qui dissocie les couleurs du vrai. Ainsi un jugement partagé ne dévoile rien, surtout quand il est livré à deux vipères incroyablement venimeuses prêtes à saigner les dépouilles des maris qui travaillent. En l'occurrence qui ne retravailleront qu'après avoir pris l'exacte mesure des capacités de mesquinerie et de trahison dont les épouses sont capables.

— Tu veux un café ?

J'accepte. Félix part le chercher. Il me tend un carnet avec trois colonnes aux initiales de nos ennemies.

— Si tu captes Luce, tu notes…

« Si tu captes Luce… » Il faut éviter les pauses quand on court à la perte de sa fierté. Seul dans la cave, avec des écouteurs trop grands pour mes oreilles, je sens une grande vague de dévalorisation se creuser au-dessus de ma tête.

Le repas mensuel est ritualisé. Chacune à tour de rôle fait le point sur son existence des vingt-neuf derniers jours. Rose, à mon sens, dépasse largement son temps de parole et s'égare en considérations diététiques ne justifiant aucune prise de notes sur le carnet à colonnes. J'apprends avec satisfaction que je réponds à tous les critères d'une alimentation qualifiée par Rose de « sniper food », par référence aux tireurs d'élite qui ne ratent jamais leur cible. En sursis, j'ai un lit qui m'attend à tous les étages d'un CHU de capacité moyenne, mon alimentation carnée me conduit en gastro-entérologie pour un cancer du côlon, ma consommation de boissons pétillantes et sucrées en endocrinologie pour mon diabète, les légumes hérétiques, non biologiquement baptisés et chargés de poisons pesticidés en neurologie, secteur démence.

Je réalise que Rose vit dans un monde plus menaçant que le mien.

Lucienne.

Félix est réapparu et prend des notes. Information utile : Lucienne a vu un avocat qui lui a conseillé de rassembler les justificatifs des revenus de son mari et des attestations au cas où…

— Il ne te quittera jamais, tu le connais.

Violetta, Luchino, Venise. Lucienne sait tout. Les écoutes sont inutiles pour elle, Félix parle à tort et à travers, à tout le monde.

Elle aussi a peur. Du lendemain sans Félix.

— Je croyais que tu ne l'aimais plus.

C'est Rose qui lui parle. Élisabeth ne dit rien.

— Je ne l'aime plus, mais je ne me vois pas vivre sans lui.

Lucienne a peur de l'avenir. C'est ancien chez elle. Elle passe l'essentiel de son temps à se préparer au pire. Financièrement, médicalement, sentimentalement. Par ordre de priorités décroissantes. Sur le plan médical, je ne connais personne qui ait fait autant de radiographies que Lucienne. Une femme irradiée.

Rose se dit prête à signer une attestation, en traitant, en passant, Félix d'obsédé sexuel. Diagnostic que l'intéressé reproduit fidèlement dans la colonne R de son carnet avec la date et l'heure correspondantes.

Je l'interroge sur l'utilité de ces écritures. Réponse : « Je fais des dossiers. » Diagnostic : dérive paranoïaque du cinquantenaire déstructuré.

Élisabeth semble hésiter, mais finalement se range. Elle attestera contre Félix mais prévient Lucienne qu'elle demandera mon autorisation.

Regard entendu et rassuré de Félix.

Lucienne prend mal la chose et déclare à Élisabeth que j'ai une responsabilité dans le ratage de son couple. Je sens que la conversation peut déraper.

— Il faudrait peut-être intervenir.

— Non. Attends.

Je maintiens Félix dans un état d'adolescence prolongée depuis quinze ans. Je suis le seul de ses amis qui aurait pu avoir une influence bénéfique. J'ai aggravé la situation en le soutenant dans sa régression perpétuelle. La Sorbonne, c'est moi. Violetta, c'est moi. Je suis pire qu'un ennemi, je suis l'ami de jeunesse.

D'ailleurs Élisabeth a bien fait de me tromper avec Siméon.

— Tu as entendu cette phrase ?

— Tu veux que j'intervienne ?

— Non. Attends.

Ce n'est pas tant la révélation publique de l'existence de l'amant de ma femme qui compte, mais plutôt celle de son nom. Ce naturel avec lequel ces femmes échangent ce nom, comme celui d'un habitué, d'un hôte qu'on interpelle amicalement sans avoir à le présenter à personne. Pour me détendre, je note dans le carnet de Félix, à la colonne E : Siméon intime.

— Où en es-tu avec lui ?

Elle en est « comme au début ». J'imagine qu'avec moi, nous en sommes « comme à la fin ». J'ai le bonheur d'apprendre qu'Élisabeth a trouvé enfin « quelqu'un », désignation que je ne mérite apparemment plus. « Quelqu'un qui… » – à chaque verbe qui suit, j'entends les gloussements des deux sorcières avinées qui l'entourent – « m'écoute, me parle, me cajole, etc. ».

Rose, toujours bonne fille, précise que Dieu lui pardonnera de dire que je mérite ce qui m'arrive plutôt deux fois qu'une. Je la trouve confiante avec le pardon de Dieu. J'aimerais lui rappeler qu'il prend parfois très mal les choses, il y a des exemples. Et je ne le vois pas particulièrement charmé par une protestante, non pratiquante, assimilant la création à un champ de mines antipersonnel.

— Et qu'est-ce qu'il en dit, Antoine ?

Élisabeth répond à Rose :

— Et qu'est-ce que tu veux qu'il en dise, il ne sait pas.

Intervention de Lucienne :

— Il sait.

— Comment ça ?

— Félix me l'a dit. Je lui ai juré de ne pas te le répéter.

Judas devait avoir le même petit sourire gêné que celui de mon voisin aux écouteurs ridicules, quand il a désigné Jésus aux soldats.

— Tu veux un autre café ?

— Ta gueule.

Rose :

— Fais pas cette tête, ça va peut-être le réveiller enfin, ton anesthésié.

Je ne note plus rien dans la colonne R, je la détruis, avec des petites croix en forme de barbelés rassemblés en bobine compacte.

— Il est au courant depuis combien de temps ?

— Au moins huit jours.

Nous quittons la cave en silence. Félix a tenté un « Je n'ai absolument rien dit à Luce » qu'il a eu la prudence de ne pas renouveler.

En repassant dans la salle, je croise le regard d'Élisabeth. Elle est pâle. Sa main monte pour écarter une mèche sur son front. En passant sur sa joue, il me semble qu'elle s'attarde.

Chapitre XXII

Père-Lachaise
(« Tout ce qui est dégueulasse porte un joli nom », Allain Leprest)

Janus est mort.

Infarctus. Indolore comme souvent chez les diabétiques.

J'ai appris qu'il était mort d'un coup. Sans bruit. Sans convulsion. Sans rien salir. Avec l'air de quelqu'un qui congédie la vie. Autoritairement. Elle n'avait pas demandé son reste, elle était partie au matin, confuse, fautive.

Elle m'a fait de la peine, la mort d'Alfred. On avait fini par se connaître d'urgences en urgences. J'avais toujours été parfaitement incompétent dans la prise en charge de ses problèmes médicaux. À peu près tous ses organes m'avaient interrogé un jour ou l'autre, narquoisement. Il n'y avait que son psychisme qui avait échappé à l'excès de sucre. Pour m'humilier. Il avait toujours gardé la même gentillesse, le même humour, la même patience. Je l'avais suivi dans la plupart des hôpitaux parisiens. Il était le bienvenu aux urgences. Son élégance était contagieuse. Les maladies faisaient un effort de présentation pour lui. Les infections s'habillaient avant de le saisir. Il n'était jamais laid au bout de ses septicémies, il gardait de la tenue entre les frissons, digne au fond des comas hypoglycémiques les plus profonds, sans conscience mais pas sans maintien. La mort ne l'avait pas convoqué, elle l'avait invité à se joindre à elle.

Sur le chemin du Père-Lachaise, je pense à lui. Je me demande si j'ai fait tout mon possible. Question qu'un médecin lucide ne doit pas se poser.

Il y a de la surestimation de soi au cœur de l'angoisse. Les mélancolies les plus réactionnelles, aux deuils, aux accidents, ont un socle de surestimation. Il faut creuser pour la trouver, mais elle est là, la certitude que l'on était capable de mieux aimer, de mieux servir. Ce n'est pas la mort de l'autre qui désespère le plus, c'est la mort de soi chez l'autre, ce petit cadavre d'accompagnement qui portait son espoir d'être plus grand.

Je passe prendre Félix à Alésia. Pause bar au restaurant.

— Tu veux un Décalco ?

— C'est quoi un Décalco ?

— Un cocktail de ma composition. Ça commence comme une vodka-orange et puis ça devient créatif.

— Raconte.

— En fait, je lutte contre l'orange. C'est un cocktail combatif. Le but, éliminer la saveur sucrée. Le Décalco réussi doit enterrer le fruit.

— Gin ?

— Vodka-gin, jamais. Non, je nationalise. Avec du cognac ou de l'armagnac. Pour les doses, tu rajoutes tant que tu sens l'orange. Faut goûter.

Je goûte.

— Alors ?

— Chirurgical.

— Je savais que ça te plairait.

Arrivée au Père-Lachaise. Haleine de bouc. Le café ne suffit pas. Cigarette indiquée. Félix a arrêté, il y a cinq ans, moi je n'ai jamais commencé à cause de l'asthme. Il extrait un paquet de la poche intérieure de sa veste et nous allume.

— Je croyais que tu avais arrêté.

— J'ai arrêté.

— D'accord. C'est pas trop dur ?

— Si.

Entrée. Un gardien belliqueux s'interpose sous le porche.

— Il est interdit de fumer dans le cimetière.

Ça a démarré là. Je ne sais pas, l'effet du Décalco, l'idée des conséquences désastreuses du tabagisme passif sur les habitants du Père-Lachaise, l'air sidéré de Félix devant l'homme de loi, le manque d'oxygène dans mes bronches spasmées par la fumée. C'est parti du ventre, je n'ai pas pu l'arrêter. J'ai vu le sourire de Félix partir en mèche courte, pour imploser en rire sourd, incroyablement communicatif.

Le long cortège noir de Janus se formait à l'entrée et s'avançait vers nous.

Le rire secouait les images, comme dans un grand shaker transparent.

Le cortège s'approcha. Il fallait très vite nous convertir aux sanglots, mais c'était impossible. Les visages étaient graves. Madeleine, digne, marchait en tête, soutenue par Élisabeth. Tout le monde était là, Lucienne, Rose, Thierry, les enfants et le Décalco qui exprimait sa présence en accès rotatoires.

Madeleine en passant me remercia pour tout. Ça n'améliora pas la situation, ce « tout ». Je vis le regard de Félix glisser sur le cercueil de Janus qui lui aussi avait été sensible à mon intervention. Au second « Merci » de Madeleine, j'entendis un « Il y a pas de quoi » chuchoté qui venait de derrière. Je regardai Félix. Il riait avec les épaules. Les traits figés, la bouche entrouverte, le visage faisait illusion, mais les épaules tressautaient comme celles d'un choréique. J'essayais moi aussi de dévier l'onde, vers une articulation, sans succès. Je toussais donc, grippalement, en espérant faire le vide autour mais l'ambiance était chaleureuse et regroupante. Je me retrouvais serré contre Félix. Les secousses se transmettaient à travers nos vestes. Je n'avais plus de solution. J'étreignais Madeleine.

La tête dans les plis de sa voilette, je regagnais un peu de calme. Elle avait l'odeur de peau d'Élisabeth. Je me retenais durablement à elle car un vrai tangage de terre menaçait mon équilibre. Celui du quatrième verre que j'aurais pu ne pas accepter.

Elle me remercia encore, elle remerciait tout le monde depuis l'église. Les mercis remplaçaient ses larmes. Ils coulaient sans retenue, en grand chagrin de gratitude. Elle me regarda tendrement pour la première fois de son existence et, dans les brumes du Décalco, je trouvais de la tendresse à lui rendre.

Thierry me reprocha mon émotion, avec sa lucidité habituelle, et me conseilla d'économiser mes larmes pour des occasions plus douloureuses qui n'allaient pas tarder à nous réunir. Nous, au sens de nous moins un.

Je ne me sentais pas immunisé contre une rechute. Je préférai rejoindre le bout du cortège. Félix à mes côtés rougissait dans la montée du Père-Lachaise, assez raide, au demeurant. Le cortège lâchait des amies âgées que Janus n'aurait pas souhaité revoir. Des vieilles amoureuses, infidèles jusqu'au bout. Les trous ouverts entre les tombes leur envoyaient des messages d'encouragement. Elles étaient presque arrivées.

Félix proposa une pause. Il sortit une flasque remplie d'un reste de Décalco. Nous fûmes rejoints par Thierry à qui il proposa une gorgée.

Je déconseillai.

L'alcoolémie de Thierry avait des propriétés particulières depuis une hépatite mal soignée, elle ne montait pas progressivement, elle grimpait de manière fulgurante. Je l'avais déjà vu s'évanouir à mi-chemin d'une coupe de champagne. En réaction à mes réticences, il vida la fiole d'un coup, défendant virilement son statut d'aîné.

Il remercia Félix, déclara qu'il était réchauffé et qu'il se sentait aussi bien que possible. Une trentaine de mètres plus tard, il annonça, très calmement, qu'il allait perdre connaissance.

Félix sceptique lui donna une bourrade sur l'épaule pour tester sa motivation. Il s'écroula.

Je rattrapai le corps inerte de mon frère. Félix, convaincu, suggéra d'appeler un médecin. Ce qui donnait la mesure de la confiance qu'il accordait à mes diplômes. Quelques attardés s'inquiétaient. Thierry se réveilla suffisamment pour les rassurer. Je ne voulais pas affronter les acteurs principaux du cortège, d'autant que l'odeur du Décalco nous assistait comme un quatrième personnage à présence forte.

Nous fîmes glisser Thierry, encore lointain, dans un trou inoccupé sur le côté de l'allée, pour le dérober aux regards. Je l'installai en position latérale de sécurité, c'est-à-dire sur le flanc, et demandai à Félix de le veiller jusqu'à mon retour. Son état de conscience s'était amélioré, il fredonnait doucement, les yeux encore clos, le teint assez pâle, mais le pouls régulier.

J'allai rejoindre la tête du cortège, qui avait atteint le refuge du crématorium. Les proches furent rassemblés dans une petite chapelle. Le fils de Janus prit la parole pour un discours froid. C'était un jeune homme sec avec le regard bleu paternel, mais sans la lueur d'accueil. Il vivait à l'étranger et ne connaissait personne dans l'assemblée. Il n'adressait pas la parole à Madeleine qu'il avait toujours refusé de rencontrer. Sa femme s'était placée près de la porte de sortie avec deux adolescents indifférents. Elle portait le même regard dur et impatient. On sentait l'écart d'affection.

Janus avait pris ses dispositions pour éviter les larmes de son fils. Sage précaution.

Les pères meurent souvent avant l'heure de leur mort. Ils offrent à leurs enfants une répétition générale quelques années avant leur dernière. Probablement pour ne pas leur briser le cœur. Je pensais au mien. J'avais aujourd'hui un âge qu'il n'avait pas atteint. Je venais juste de le dépasser. Anniversaire d'absence. Dans la minute de silence qui suivit le discours, je découvrais que je n'étais plus le fils de personne.

Nous défilions un à un, devant le cercueil.

Le corps allait le quitter pour rejoindre la chambre ardente. Chacun s'inclinait en déposant une rose. Le bois en était recouvert. L'abbé Cardeillac aimait les fleurs. C'était un tout petit homme que chaque enterrement enfonçait un peu plus dans la terre. Madeleine faisait retraite auprès de lui chaque été près de Lourdes. Son sermon avait croisé mystique et botanique, en nous invitant à méditer sur le renouvellement saisonnier des graines humaines. Il avait semé des promesses de printemps en remerciant nos sœurs végétales pour l'exemple qu'elles nous donnaient.

Elles ont bon dos, les fleurs.

D'ailleurs, pour les remercier de leur aide, on les coupe. Pour leur rendre hommage, on les assassine en bouquets.

Je me demande à quoi ressemblera notre seconde floraison.

À quoi ressemblera-t-elle ma fleur renouvelée ? Quelle couleur ? Quel parfum ? Et quel sens ? Quel sens aura-t-elle, ma résurrection d'entre les morts ? Quel pourquoi ? Il faudra bien finir par se résoudre à être utile à quelque chose dans l'existence pour répondre. Sans précision excessive. Juste une goutte d'utilité, une brise de participation affectueuse au monde.

Fin de cérémonie. Janus est dans une urne sur une étagère numérotée. C'est clos.

Ferdinand m'interroge pour connaître mes préférences en vue de l'organisation de mes funérailles. La question restait encore en attente de traitement dans mon esprit imprévoyant. Mon fils me réveille.

Je crois que je préfère la terre au feu. Le corps y décompose doucement l'espoir de sa résurrection. Doucement. Nuance. Personne ne rappelle que des cellules survivent après la mort, dans la peau, les ongles, les cheveux. On les néglige. On brûle du vivant. Finalement, on devient l'associé de sa propre destruction. On s'administre un coup de grâce qui devrait rester sous la responsabilité de celui qui nous exécute. Péché de zèle.

Je devais rejoindre Félix et Thierry que j'avais oubliés dans leur trou. Il était facile à localiser. Des volutes de fumée s'élevaient au-dessus. On aurait dit un cratère au milieu des tombes. Ils devisaient doucement au fond, cigarettes aux bouches, je les aidai à s'extraire avant le retour familial. Félix proposa un verre de l'adieu. Je me séparai d'eux.

Les cendres de Janus m'avaient dégrisé, mon père aussi, le parfum de Madeleine, la question de Ferdinand, le froid humide du Père-Lachaise, les vieilles chancelantes, les tombes. Tous les complices de dégriserie me repoussaient vers le quotidien de ma vie.

Je descendis la rue du Repos entre les marbreries et le mur du cimetière garni de barbelés pour empêcher les morts de s'échapper.

Paris creuse parfois des tombes pour nos humeurs, en fossoyeur de froid, de crachin, de nuit précoce.

J'assistais maintenant aux funérailles de mon passé. Tristement. Mon avenir devait pointer au loin, vers l'est, entre les croix. J'aurais aimé le voir levé.

Dernière volonté avant de naître.

Charlotte ne me rappelle pas.

Quelle que soit la manière d'interpréter la chose. En bien, en mal, en indifférent, la phrase s'impose, sans commentaire. Charlotte ne me rappelle pas.

Madeleine nous a quittés. Jusqu'à demain. Elle s'installe quelques jours à la maison. Pour équilibrer les nouvelles, Élisabeth m'annonce que sa mère va partir vivre dans le pavillon que lui laisse Janus, dans l'Est, près de Verdun. J'ai pensé inviter Élisabeth au restaurant ce soir, mais les enfants nous ont repris. Louis et Ferdinand, dont c'était le premier cimetière, ont anticipé les cauchemars de la nuit en s'installant dans notre lit. Nous avons veillé dans le salon. En guetteurs silencieux. Je me suis assoupi.

Tard dans la nuit, j'ai retrouvé Élisabeth à la même place, à l'écart sur une chaise.

Elle pleurait dans ses mains fermées. Je suis venu près d'elle. Elle m'a dit :

— Je me sens abandonnée.

Quelle est la réponse de Dieu à « Pourquoi m'as-tu abandonné » ?

Aucune.

Elle a raison, je l'ai abandonnée. En douceur. De la même manière, distillée, que la sienne. J'ai répondu à l'abandon par l'abandon.

Sans pouvoir dire pourquoi. J'ai recherché des traces d'usure. Des petits symptômes de sentiments malades. Je n'ai rien trouvé. Rien ne m'a paru menacé. Rien ne pouvait l'être. J'ai toujours aimé Élisabeth sans question. Sans le moindre espace de doute. Je l'ai aimée naturellement, avec l'évidence d'un lien de sang. Avec sa nécessité et sa permanence. Je n'ai jamais cru à notre séparation. Parce qu'elle aurait été inutile.

Elle a rangé les livres de la bibliothèque pendant mon sommeil, par taille décroissante. C'est lisse, régulier, vide. Comme si les livres étaient sortis. J'ai pensé à de vieilles solitudes d'enfance enterrées dans ma mémoire, je les avais crues mortes. Ce sont les seules que l'âge secourt, qui rajeunissent avec le temps au lieu de tomber en poussière.

Elles gagnent le cœur à leur façon.

Plus tard, Élisabeth m'a demandé si j'avais quelqu'un dans ma vie.

J'ai répondu : non.

Ce qui était la vérité.

CHAPITRE XXIII

Belle Époque.
Vies perpendiculaires. Marilyn

Deuxième semestre. Premier cours. Monsieur Pâline. Mauvais début. Thème : La Belle Époque.

Je m'étais inscrit pour remonter mon moral vacillant. Le titre sonnait gai. En réalité, dès l'ouverture, on nous déclarait que l'époque portait très mal son adjectif et que les années 1900 avaient plutôt le physique disgracieux. Leur charme historique avait été d'annoncer la Première Guerre mondiale, ce qui pour une recherche de bonne humeur n'est pas le chemin le plus direct.

Félix me reprocha cette nouvelle erreur de jugement en me signifiant que, dans ces conditions, il ne se rendrait au cours que réquisitionné.

Quant à Pâline, il était prétentieux. Il se tenait comme un héron dans l'amphithéâtre, la tête au bout d'un cou trop long, cherchant sa place dans les couches atmosphériques supérieures. Il parlait de la Belle Époque avec un air un peu déçu d'avoir à en parler. La partie pédagogique de sa fonction de professeur des universités n'était pas investie. Comme la pièce oubliée d'une grande maison, réservée à l'hôte misérable de passage, laissée à l'humidité et aux insectes. Aux papillons de nuit auxquels, je pense, il nous assimilait, élèves éblouis par sa lumière, mais faits pour l'obscurité.

Nous devions passer un oral devant lui. À l'instinct, je sentais que nous n'allions pas communiquer. Il était patriote. Il avait très mal vécu la perte de l'Alsace et de la Lorraine. Il ne s'en était jamais remis. Son agrégation d'histoire lui avait révélé que les provinces perdues avaient fini par être regagnées. Mais le choc avait laissé des séquelles.

À la fin du cours, il crut nécessaire de nous lire un extrait des *Contes du lundi*, la dernière classe de l'instituteur français en Alsace avant l'arrivée des Prussiens. Avant de quitter ses élèves pour toujours, l'exilé écrit son épitaphe sur le tableau noir : « Vive la France ».

Le cœur de Pâline ne résista pas au mot « France » et sa voix se brisa net.

Une tache rouge ornait le revers gauche de sa veste. Mes impressions étaient confirmées, nous n'étions pas faits l'un pour l'autre. Les points rouges sur les cœurs réveillent en moi un très vieux souvenir du taureau que j'ai dû être dans une vie antérieure. J'ai envie d'encorner le décoré.

Je reprenais le rythme universitaire, sans essoufflement. Nous avions organisé un roulement pour les cours. Félix avait confié à Violetta l'entière responsabilité du destin de sa licence. Il ne m'accompagnait plus que très exceptionnellement dans les amphithéâtres. Je ne pouvais même pas profiter de ma solitude, Luchino s'était attaché à moi et s'installait de force à mes côtés. J'avais en plus fait la conquête de la doyenne de l'amphithéâtre, une sexagénaire qui étudiait en candidate libre.

Elle s'appelait Alice.

Son prénom me faisait frissonner comme le crissement d'un ongle sur un tableau. C'était une Versaillaise émigrée à Paris qui accusait son âge. À tort, car on sentait que la jeunesse n'aurait rien pu faire pour elle. On ne pouvait pas dire qu'elle manquait de séduction, car on admettait alors implicitement qu'elle en possédait une petite quantité non exploitée. Ce qui n'était pas lui rendre justice.

Elle venait avec un tailleur de laine épaisse, chiné, avec de curieuses petites boules roses éparses, sa jupe descendait loin sous le genou et elle affichait un sourire suspendu en virgule, sous deux yeux ronds en points, que des lunettes à verres larges agrandissaient en billes.

Elle aimait les boucles, elle en avait partout sur ses chaussures, sur sa ceinture, sur un de ces horripilants petits sacs en cuir bleu que tant de femmes portent comme une plaque d'immatriculation. Elle touchait pour moi le point zéro de l'érotisme. Et pourtant elle n'y avait pas renoncé. Elle minaudait parfois lors des vibrations patriotiques de Pâline et je sentais contre ma cuisse les reliefs de son tailleur gratter le velours de mon pantalon. Pour être juste, elle m'était utile quand la vision de Charlotte s'imposait trop sensuellement à moi. Je pensais à Alice pour calmer les dérives. Je répétais son nom, comme une pénitence.

Nos résultats définitifs avaient été publiés. Je devançais Félix d'une courte tête, grâce à la note de Charlotte qui avait sabordé ma moyenne. Félix s'en sortait tout juste, rattrapé par un jury probablement ému par sa date de naissance. Il avait déjà affiché la preuve écrite de son succès au-dessus de la caisse de son restaurant sous verre et traitait avec une certaine condescendance mes propositions de réunion de travail hebdomadaire.

Je m'étais inscrit aux travaux dirigés d'histoire moderne. Les cours de Charlotte ouvraient et fermaient ma semaine, le lundi et le vendredi à 8 heures du matin au centre de recherche historique, rue Serpente.

Je rejoignais la troupe somnolente des étudiants qui venaient s'éveiller dans les bras de Charlotte. Elle m'accueillait bien, sans distance, sans proximité excessive non plus. J'avais proposé des rencontres à la sortie du cours. Elle avait remis à plus tard.

Ses élèves étaient divisés en deux groupes. J'allais de l'un à l'autre. Nous ne parlions pas. Mais j'étais là. Je me comportais en étudiant attentif, j'écrivais deux fois le même texte avec une motivation intacte. Je me sentais reposé près d'elle. Je ne retrouvais aucun de mes stigmates d'inquiétude, les traces de ma passion anxieuse. Je cessais de prendre pitié de ma dépouille d'homme inachevé et d'occuper seul mon horizon. Je me négligeais en sa présence, je redécouvrais les plaisirs de vivre sans moi et je ne me manquais pas.

Charlotte restait à distance, sans gêne, sans impatience, sans réponse. Je cherchais dans son regard le signe qui m'aurait repoussé hors de son cours et de sa vie. Mais elle ne disait rien, ni en paroles, ni en regard. Elle attendait. Et cette attente avait la forme d'une balance où le poids mesuré était mon désir d'une autre vie avec elle.

Élisabeth s'absentait beaucoup, avec sa mère sur les routes de Verdun.

La solitude tirait mes rêves vers la Sorbonne. Je commençais une dérive obsessionnelle sur le point fixe de Charlotte. Pendant mes consultations, elle était présente, envahissante parfois. Les images les plus diverses m'apparaissaient, au début assez spirituelles, puis de moins en moins. J'observais une sexualisation franche de mon imaginaire, souvent en décalage avec la réalité de ma vie quotidienne particulièrement plate. Mes consultations devenaient le théâtre d'ébats dont l'intérêt psychanalytique restait faible compte tenu de leur vulgarité. Mes patients n'imaginaient pas les désordres de la vie intérieure de leur psychiatre qui nous rapprochaient en un sens, familialement, en frères de chaos.

Je sentais que la frustration des rencontres bihebdomadaires alimentait l'espace de mon refoulement. Mes pensées ne se taisaient pas. Une cacophonie inquiétante, qui chassait à coups de cymbales le moindre espoir de repos. Les cymbales, c'étaient Charlotte et Élisabeth. Le choc de l'une contre l'autre était assourdissant, particulièrement entre 3 et 4 heures du matin. L'heure où la nuit décède. L'insomniaque à son chevet fait le deuil de son sommeil et veille une morte. Indépendamment l'une de l'autre, Élisabeth et Charlotte devenaient muettes pour moi. Je les retrouvais dans le bruit, en couple, retentissantes. Je ne pouvais ni les séparer, ni les réunir. Je n'avais pas de solution.

Avis de Félix :

— Prends exemple sur moi.

Je le remercie et lui demande de surtout ne pas m'en dire plus.

— Je suis un spécialiste de la vie parallèle. Un professionnel. Je connais tout, j'ai le support.

— Le support ?

— Oui, le support technique. Lignes de portables, renvois d'appels, secrétariat couvrant…

— Je ne te demande pas un guide pratique de l'adultère. Je te demande un conseil d'ami.

Mon ami me répond :

— À ta place, je ne déciderais rien.

Pas un geste. Félix me rappelle l'histoire de Louis Daguerre. 1839. Première photo d'un être humain, fixé par hasard. Sujet : boulevard du Temple à Paris. Au milieu de la journée. Le boulevard est désert, la foule et les calèches ne restent pas immobiles assez longtemps pour imprimer la plaque. En sépia, les arbres, les maisons et le vide. Ce qui dure. Mais à seconde vue, en bas, à gauche, on attrape une silhouette. Un homme debout dont on cire les chaussures.

Félix en a tiré une conclusion : pour être éternel, il ne faut pas bouger.

Je réfléchis à nos vies parallèles. Mauvais terme, on devrait dire plutôt vies perpendiculaires. Car ma vie avec Charlotte croisera tous les jours ma vie avec Élisabeth. Je ne les vois pas en lignes voisines, étrangères qui, à l'infini, se rapprocheront peut-être dans une courbure d'espace-temps. Non, la figure géométrique la plus représentative de notre avenir sera la croix. Latine.

Il me faudrait un ami inconnu. Un étranger qui me donnerait un avis nouveau. Au bon moment. Par surprise. Sans explication. Un papier que je trouverais dans ma poche, avec le prénom de l'une ou l'autre, inscrit sans commentaire. Comme un bulletin de vote.

Félix, pour faciliter mon choix, déroule quelques proverbes, avec l'air inspiré d'un sage. « Tant va la cruche à l'eau qu'à la fin elle se casse »...

Les amis gagnent à être inconnus.

Lundi. 8 h 30. Rue Serpente. Devoir sur table : « Causes et conséquences de la mort du duc de Guise ». Je ne peux plus continuer. Charlotte corrige des copies dans le silence bronchitique de la pièce. Je prépare ma feuille. J'écris mon nom sur l'angle droit, dans la partie destinée à être recouverte. Comme moi.

Chère Charlotte,

Je profite de la mort du duc de Guise, paix à son âme, pour essayer de faire remonter cette désespérante note de silence que vous m'avez donnée au terme de notre soirée himalayenne.

Vous me demandez des nouvelles du duc de Guise. Je n'en ai pas, Charlotte. J'ai rompu avec le duc de Guise, depuis que je vous ai rencontrée. La cause de sa mort, c'est vous. Il n'a pas survécu à votre arrivée. Comme les autres, les rois, les princes, les marquis envoyés par vous aux oubliettes de mon histoire.

J'ai essayé d'apprendre sagement votre cours, par cœur. Je n'y arrive pas, à cause du cœur. Ma mémoire n'a plus goût à rien, pas même au plus petit assassinat des guerres de religion. Vous l'avez rendue déserte, impropre à la culture. Je ne me souviens plus que de vous.

Les conséquences de la mort du duc de Guise, je les connais. Elles sont heureuses. Elle a renvoyé tous les gêneurs en habit, ces personnages qui m'encombrent, qui ne m'apprennent rien sur vous. Elle a refermé mes livres. Elle m'a laissé seul. Je le poignarderais une seconde fois s'il le fallait pour me retrouver aussi seul devant vous. Aussi heureusement seul.

Ne lui accordez pas une chance de résurrection, il méritait son sort, c'était un homme plein d'orgueil et de violence qui n'avouait son amour à personne. Sa plus grande fierté était une balafre, obtenue en guerre. La mienne, c'est un chagrin, une blessure de paix que vous pouvez guérir. Voilà. Il me manque trois mots pour finir ce devoir. Je voudrais vous les dire.

J'ai rendu ma feuille avant les autres. Charlotte n'a pas levé les yeux sur moi.

Je reviens à pied vers mon cabinet.

Printemps.

Le soleil de Paris pianote sur mes épaules. C'est léger, facile, familier. Un Au clair de la lune en rayons. Je passe le long du Luxembourg. Il me suit du coin de l'œil. Les paysages qu'on aime échangent les regards.

Je m'arrête chaque matin devant la même vitrine. Boulevard Saint-Michel. Un grand portrait de Marilyn. C'est elle la femme qu'il m'aurait fallu. Je lui parle régulièrement. Au présent. Je lui demande de mes nouvelles. Je la regarde avec tendresse, avec juste ce qu'il faut de désir, parce que c'est elle, mais pas trop. Elle juge l'état de mon cœur au teint, à la voix. Je sais à ses yeux si je vais bien ou mal. Elle me conseille aussi. Elle me dit qu'une femme ne devrait juger un homme qu'à l'affection qu'il est capable de lui donner. Elle n'a jamais jugé personne autrement.

Il y a une très grande entente entre nous, ancienne. Je ne veux pas en dire plus. Ceux qui croient que Marilyn est morte ne sont pas des compagnons.

Chapitre XXIV
Le pont Mirabeau

Pas de réponse.

Je ne retourne plus rue Serpente.

Journée des phobiques. Sortie programmée avec Monsieur Rivière qui pour se détendre a croqué deux Xanax une heure avant notre rendez-vous. Il me paraît moins intéressé par l'exposition de ma déroute sentimentale. Je dois le réveiller à chaque feu rouge.

Sous le pont Mirabeau coule la Seine. Effectivement. Mais rien d'autre. Les poètes mentent comme ils respirent.

Les amours ne coulent pas sous le pont Mirabeau. Absolument pas. Il suffit d'aller voir. Le fleuve charrie tout un fatras de saletés. L'œil le plus perverti n'y trouve pas de sentiment. Il y a des mouettes, des ordures et des cadavres si l'on regarde bien, de poissons, d'oiseaux, d'hommes probablement.

Le pont Mirabeau est un endroit absolument sans intérêt. Et sombre. Particulièrement un 28 mars à 18 h 45, sous une dépression venue d'Irlande verser ses larmes glaciales sur moi, sans nouvelles de

Charlotte depuis une semaine. Je ne sais pas ce qu'Apollinaire lui a trouvé. Trois syllabes à mon avis.

Je ne dors plus. La nuit est devenue imperméable à mes charmes. La nuit est féminine, vraiment. Elle se refuse. Elle a ses migraines, son camélia rouge accroché au revers de sa robe pour nous signifier qu'elle ne se passera pas avec nous. Elle se donne volontiers aux jeunes organismes à qui elle cède en un bâillement. Elle devient sélective, moins séduite par les corps mûrs. Elle s'offre au plus offrant de jeunesse et de vitalité, et abandonne les vieillards qui n'ont plus d'autre choix que de somnoler avec le jour moins difficile.

— J'ai sommeil.

Retour sur ma situation. Pont Mirabeau, sous la pluie, avec un malade endormi que je guide, comme un chien d'aveugle. Je cherche le titre du film sinistre dont je suis la tête d'affiche : *La Solitude du psychiatre de fond.*

— Détendez-vous.

Voilà le type de phrases automatiques dont il faudrait se débarrasser une fois pour toutes : rassurez-vous, n'ayez pas peur, dormez bien… Le temps à bannir du dialogue interhumain est l'impératif. On ne cesse de donner à son prochain l'ordre de se porter mieux. Remarque : le prescripteur ne donne pas d'explication. L'impératif est toujours livré sans mode d'emploi.

Le pire de tous : Soyez heureux.

Je sens les mains de Monsieur Rivière, derrière moi, posées sur mes épaules. Je sens le poids de mes semaines d'attente. Nous marchons à petits pas, les fers de nos névroses aux pieds, comme des bagnards. Les passants se retournent sur nous. Je les rassure d'un sourire, il les inquiète d'un regard creusé d'angoisse.

— Respirez par le ventre et soufflez profondément.

Premier lampadaire du pont Mirabeau. Il y en a six, séparés par trente mètres d'espace vide, de gouffre pour un phobique d'envergure moyenne.

— Je ne vais pas y arriver.

— Si.

Pourquoi si ?

Non.

Sa phobie des ponts a quinze ans, je ne l'ai pas améliorée d'un lampadaire en vingt sorties. Alors pourquoi si ? Je ne suis plus d'humeur patiente. Je gèle sur ce pont surestimé. Il y a la même distance entre la réalité du pont et son déguisement poétique qu'entre le médecin que je parais être et l'homme que je suis. Il faudrait peu d'efforts pour me laisser aller à la vérité, dévalorisante pour le prix des consultations.

— Je ne vais pas y arriver.

Non. Vous n'y arriverez pas. Jamais. En réalité vous êtes inguérissable. La phobie des ponts est incurable. Le seul pont que vous saurez franchir, c'est celui qui vous mènera dans l'au-delà. Sa pente est verticale, on traverse en chute libre. On ne soigne pas les névroses, on les opère esthétiquement. Le psychiatre est le plasticien de l'esprit. Il ne guérit pas, il arrange, il ravale, il cache. La pensée vieillit par heures d'angoisse qu'on lifte avec de bonnes paroles qui n'arrêtent pas leur cours. Le seul lieu où l'on guérit, ce n'est pas le cabinet du psychiatre, c'est le monastère.

— Je vous jure que vous allez y arriver.

Sur la tête de Siméon. Et de Guillaume Apollinaire qui aurait pu choisir le pont des Arts, à dix minutes de mon cabinet. Sous le pont des Arts coule la Seine. Aussi.

J'ai choisi le pont Mirabeau car Monsieur Rivière est poète. Il écrit sur des cahiers d'écolier des poèmes en forme de gouttes, des calligrammes courts. C'est délicat. Il m'en a dédié un : « Le chant du rossignol ». Je n'ai pas saisi le second degré. Il m'a dit qu'il n'y en avait pas. C'est sans importance, j'aurai au moins croisé la route d'un rossignol.

Deuxième lampadaire. Notre dernier record est à trois et demi avant l'attaque de panique. Nous avançons l'un derrière l'autre, par piétinements. Je lui ai demandé de marcher en récitant des poèmes et en fermant les yeux. L'œil phobique grossit l'image anxiogène. La Seine par exemple devient un océan. J'ai surnommé le troisième lampadaire le cap Horn. Pour rire.

Mais le phobique n'a aucun humour.

— Vous savez, docteur, je ne m'amuse pas moi.

— Je suis désolé.

Cap de Bonne-Espérance.

En voyant le teint déconfit de mon malade, les coulées de sueur, je comprends que le pont est en fait un navire. Les pylônes n'en fixent pas la coque, les ancres de béton sont toujours relevées. Le pont navigue en barcasse totalement inadaptée à la traversée océanique. C'est le mal de mer, la phobie des ponts. Les symptômes sont les mêmes. On glisse de nausée en nausée. Le seul traitement serait d'arrêter la houle, ce qui n'est pas à la portée de n'importe quel psychiatre.

La nuit est devenue dense. Il est 19 h 45. Je calcule vingt minutes par lampadaire. Il en reste trois. Je ne serai pas rentré avant 21 heures à la maison. Seul. Les enfants sont partis avec leur mère, s'amuser à Verdun. Je passe officiellement la soirée avec Félix qui la passe en réalité avec Violetta. Je fais partie du support technique. Je vais rentrer en compagnie d'un mensonge, en rossignol réfrigéré, trempé et aphone. Mes picotements de gorge annoncent une laryngite qui guérit chez moi en bronchite surinfectée. J'en ai pour dix jours.

— Vous allez trop vite, docteur.

Pause. Nous restons accoudés au bastingage devant la Seine plate. Je ne dois pas m'éloigner de plus d'un bras.

— C'est gentil ce que vous faites pour moi.

— C'est que je vous aime bien.

C'est vrai. Je connais tout de cet homme. J'ai exploré avec lui tous les recoins de sa vie et de sa pensée. J'ai sur mes feuilles de consultation le journal de l'existence de Monsieur Rivière de zéro à cinquante-trois ans. Ses manques, de père, de mère, de femme, d'enfant. Sa calvitie précoce, sa taille trop petite, sa myopie, sa vie sexuelle déserte. Et je l'aime bien. Ses manques ont creusé de l'espace en lui, des trous d'accueil pour les autres. Comme à la guerre, les trous d'obus pour les poilus. Verdun alimente mon imaginaire depuis le pèlerinage familial.

Je vois mes malades en fantassins boueux ramant dans des tranchées arrosées par le feu. Je les commande petitement, les genoux aussi tremblants que les leurs. Je lance pour le principe des ordres d'assaut auxquels personne n'obéit. Heureusement. S'il fallait que je sorte de mes tranchées, ce serait pour mourir.

Sonnerie de mon portable. Numéro de Charlotte. Voix de Charlotte.

— Antoine ?

Il y a longtemps qu'on ne m'a pas appelé par mon prénom. Personne ne m'appelle plus par mon prénom. Mes proches me surnomment, mes lointains aussi. Dans ses moments affectueux, mon frère m'appelle parfois « Toto », ce que je ne trouve pas souhaitable. Sinon, je vogue de « Monsieur », en « Docteur », et en « Cher ami » pour ceux qui ne se souviennent ni de mon état civil, ni de ma profession.

C'est joli « Antoine » dans la voix de Charlotte. J'ai l'impression qu'elle parle à quelqu'un d'autre.

— Vous êtes là ?

— Oui.

— Venez.

Fin d'appel. Question de Monsieur Rivière :

— Pas de drame, j'espère ?

Je ne sais pas. Instinctivement, il s'est rapproché de moi, sans lâcher sa prise sur le rebord du pont. Les deux mains serrées sur le fer, blanchies par la pression, menottées par la rampe. Il vacille. Il sent l'aggravation. La houle renforcée et les creux qui aspirent le pont, les lames de Seine montante et les lampadaires qui piquent du nez.

— Il va falloir que je vous laisse.

— Que vous me laissiez ?

Le choix entre son devoir de médecin et son désir d'homme encore un peu sexualisé n'est pas cornélien. La difficulté est de respecter le temps nécessaire pour faire croire qu'une seconde d'hésitation a pu s'écouler dans le chronomètre de votre moralité. Je justifie.

— C'est une urgence.

Il me regarde avec des yeux écarquillés, le corps tremblant. J'ai l'impression qu'il maigrit. Ses joues se creusent, les reliefs de son visage s'accentuent, ses vêtements pendent. J'ai la vision d'un homme qui fond. Sa jambe crochète la mienne et me tire vers lui, au contact. Il articule :

— C'est moi, l'urgence.

J'ai de l'affection pour Monsieur Rivière. Mais je vais l'abandonner. Ce qui prouve que l'affection qu'on porte à son prochain n'est jamais suffisante. On est parcimonieux d'amour.

— Je regrette.

— Mais qu'est-ce que je vais faire ?

Je me rassemble. J'essaie de ralentir mon cœur. La pression sur les globes oculaires déclenche un réflexe vagal qui fait chuter tension, fréquence cardiaque et anxiété. Je presse. Je pose calmement le problème du mariage de deux événements a priori adversaires. Je le résous. Charlotte participe au projet thérapeutique inconscient de mon malade.

Il reste à le lui expliquer.

Il faut qu'il mesure la valeur du cadeau de solitude qu'il va recevoir de moi. Il m'écoute avec une confiance inquiète. Je dois transformer une impasse en avenue. Je redeviens médecin.

— C'est une occasion. On ne contourne plus l'angoisse, on la percute. Ça passe ou ça casse.

— Ça va casser.

La voix de Charlotte distille : Antoine, le son exact de mon prénom d'enfant, en voix de jouvence.

— Vous ne pouvez pas m'abandonner.

Je m'éloigne doucement.

— J'étouffe, docteur.

Je continue jusqu'au râle qui rattrape ma conscience professionnelle. Je reviens vers lui. Sa poitrine se soulève comme celle d'un asthmatique en état de mal. Il tire avec les muscles de son cou. Direction malaise d'hyperventilation. Je le prends par les épaules. Le regard est perdu. Je l'allonge en position latérale de sécurité, qui est finalement le seul geste utile que j'aurai retenu en quinze années d'études de médecine. Son thorax s'apaise. Je soutiens sa tête. Dans la nuit parisienne en calvaire mouillé autour de nous, j'ai l'impression d'être une pietà. Je m'attendris.

— Moi aussi j'étouffe, Monsieur Rivière. Je sais que vous comprenez.

— Je comprends.

Je lui explique la situation. C'est facile, il connaît tous les personnages de ma vie, les concrets et les virtuels.

— Vous allez vous reposer un peu et retourner tranquillement à l'entrée du pont. Jusqu'à la station de métro.

— Je comprends.

Je me suis toujours méfié des hommes qui comprennent. Les plus grands tyrans ont toujours compris leur peuple. Hitler comprenait les Allemands et Staline les Russes. Les hommes compréhensifs ont le massacre facile.

— Il va falloir que j'y aille.

— Je vais vous attendre.

Je le sentais. La compréhension est aussi virulente que la grippe.

— Je ne sais pas à quelle heure je vais revenir. Il faut être raisonnable.

— Ne vous inquiétez pas pour moi, je vous attends.

C'est-à-dire « je vous accompagne », en ombre d'inquiétude et de culpabilité. Je ne vais pas laisser un malade enterrer ma résurrection sentimentale, je ne vais pas laisser la femme la plus séduisante de mes dix dernières années, attendre que ma laryngite se surinfecte dans le froid polaire du XVe arrondissement.

— On va reculer ensemble.

— Je ne recule pas.

— Je recule avec vous.

— Non.

— Il ne peut rien vous arriver.

— Si je recule, je coule.

Sous le pont Mirabeau coule Monsieur Rivière.

— Vous n'avez personne que je peux appeler ? De la famille ? Des amis ?

— Vous êtes mon seul ami.

— Je pars, Monsieur Rivière.

En face, la statue de la Liberté. Elle porte le flambeau de la mienne. Je ne réponds plus aux appels. « Docteur » au début, « Antoine » à la fin. J'attends une très longue minute au bout du pont. Un dernier geste de la main, d'appel. Il ne recule pas. Je le vois ouvrir sa ceinture. Je m'inquiète. Mais il ne l'enlève pas de sa taille, il la passe en boucle dans une volute de la rampe pour s'y attacher, en rappel dans le grand tangage.

Le dernier « Antoine » me souffle vers Charlotte.

Je suis à vingt minutes de chez elle. À vingt minutes d'un aiguillage. Le dernier de ma vie peut-être. La conscience de la dimension historique des événements ne facilite pas leur vécu. C'est un défaut d'anticiper l'importance du moment. J'ai toujours cette pensée préparatoire qui m'empêche de le vivre pleinement, c'est-à-dire sans excès de conscience. Camille a raison : trop de pensées, pas assez de vécu. Il n'y a finalement que les accidents graves dont on profite vraiment. Au temps *t* et pas à *t* moins vingt minutes.

Vingt minutes qui d'ailleurs s'amenuisent à travers un Paris étrangement vide. Je roule de manière inespérée. Inespérée ? Je me dis qu'un ou deux ralentissements ne seraient pas tout à fait inopportuns sur le circuit des rues où j'accélère. Cet espace-temps qui précède un grand remous affectif devrait être rempli de rêves et d'émotion. Pour moi, c'est de détails pratiques que je comble les creux qui annoncent l'entrée du jardin d'Éden. Ma tenue, ma conversation, mon odeur. Et fatalement les détails de ma nudité à venir.

Tous les feux de ma route verdissent. Je cherche les files lentes, mais il n'y a pas de files. Paris a décidé de me faire gagner du temps. Paris prend souvent des décisions pour nous sans concertation préalable.

Ma nudité.

Elles nous manquent ces heures de musculation négligées. Ces reliefs de pectoraux et d'épaules qui, quoi qu'on en dise, font défaut à tout le monde, un jour ou l'autre. Elles ont bon dos mes lectures, ces milliers de pages explorées à la recherche de ma confiance perdue. Je l'aurais trouvée sous les barres à moindre effort. J'aurai mis quarante-huit ans à découvrir qu'on ne recueille pas d'aide utile dans les bibliothèques, mais dans les salles de gymnastique.

Je n'ai pas d'argument corporel convaincant. Il faut l'admettre. Habillé, je fais illusion. Nu, désillusion. J'aimerais être au lendemain. Au réveil. Après l'épreuve. En phase de récupération. En phase d'amélioration. Et vêtu.

Je trouve une place libre devant le porche.

Voilà. Les pensées se bousculent. Il me faudrait une saignée de pensées. On les pratique encore pour les excès de globules rouges. On devrait saigner les esprits comme les vaisseaux, leur enlever leur trop-plein, traiter radicalement la surpopulation psychique.

CHAPITRE XXV

Le Guépard, le bel Antonio et l'infirmerie psychiatrique

— Bonjour, Antoine.

Charlotte.

Elle est justement belle. Une beauté simple, blanche, bouleversante. Elle me fait penser à la pierre d'une abbaye. On la touche, c'est poudreux, humide, vivant. Je n'ai évidemment aucune phrase qui viendrait alléger la première minute de silence de nos retrouvailles.

— Bonjour, Charlotte.

« Bonjour », le mot est juste. C'est nous qui nous levons dans la nuit parisienne, en petits soleils secrets. J'entre. Son appartement est boisé. Il y a des poutres, des meubles en chêne, une odeur de cire.

— Je vous ai apporté votre devoir.

Elle me tend ma feuille au rebord découvert.

— Je vous ai mis 0.

— C'est une note éliminatoire ?

— Non.

Elle m'embrasse. C'est rapide. Je sens ses lèvres m'effleurer. Je laisse la sensation en moi chercher. Mais je m'arrête. Je m'immobilise sur la douceur des lèvres. Et ma pensée me laisse enfin en paix. C'est là que Charlotte donne sa mesure. Cette pause de ma pensée est mon signe d'amour. Je rougis. Je le sens. Pas à cause du baiser. Parce que j'ai toujours un peu honte d'aimer.

Elle me sourit.

— Vous avez peur ?

— Oui.

— C'est la première fois ?

— Non, la seconde.

Son visage redevient grave. Elle m'embrasse à nouveau. Pause longue.

Le salon est en désordre. Il y a des verres sur la table, des journaux, par terre des chaussures. J'ai l'impression de ne rien interrompre. Impression apaisante. Elle me propose un verre. Vodka. Je retrouve mes appuis. Nous trinquons.

— Le jour où vous me mettrez une bonne note, tout sera fini entre nous ?

— Ça n'a pas commencé entre nous.

Elle se lève. Je reste seul dans la pièce.

À travers la fenêtre, je vois le néon rouge d'un cinéma. Je connais la salle, on y joue des films italiens. La marée des pensées monte. Charlotte tarde.

Je revois deux films en accéléré de mémoire. *Le Guépard* avec un arrêt sur la larme de Burt Lancaster pendant le bal, seul devant son miroir. On entend les bruits en arrière, la musique, les rires. Il a dansé, il essuie la sueur de son front, il est fatigué. C'est sa fatigue qu'il regarde dans la glace et son âge. Une larme lui échappe. Une seule, parce que c'est le Guépard, mais les miennes, de l'autre côté de l'écran, compensent.

J'ai appris que Burt Lancaster avait mon âge quand il a tourné le film. Ça a été un choc pour moi.

Et puis *Le Bel Antonio*, une histoire à laquelle il ne faut jamais penser. Mastroianni ne peut coucher qu'avec des femmes qu'il n'aime pas. En dehors des hôtels de passe rien à faire, même avec Claudia Cardinale qui ne demande pourtant pas mieux. Il est impuissant en amour et puissant en indifférence. Je ne suis pas du tout indifférent aux charmes de Charlotte, je suis aussi brun que Marcello Mastroianni et je m'appelle Antoine.

Je remonte le fil de la lumière. Dans le couloir où Charlotte a disparu. La porte de sa chambre est ouverte. Nous sommes trois sur le bord de la pièce, le Guépard, le bel Antonio et moi.

Elle est assise au bord de son lit, avec un livre entre les mains. Elle a mis ses lunettes pour lire. Elle m'attend.

Elle regarde mon entrée d'homme pauvre, d'homme difficile. Elle est au bout de la pièce. C'est loin. Je dois traverser des épaisseurs de passivité, de crainte, de mélancolie. Je traverse. J'arrive auprès d'elle. Mes mains se posent. Sans guide. Je referme son livre. Je tire doucement les branches de ses lunettes en prenant du temps sur ses tempes. Je l'embrasse. Seul. En allant chercher sa bouche. En allant la chercher avec la plus grande vérité de désir et d'amour que je suis capable de tenir. Je l'embrasse comme il faut, comme pour un adieu, sous la menace d'une fin. Je la couche sur le lit. Avec autant de précaution que pour un malade. Je retrouve des gestes d'hôpital, d'urgence, des gestes ouverts pour des corps fragiles que l'on touche avec prudence et parfois, sans trop le dévoiler, avec une affection masquée de blouse. Avec de l'amour, je crois.

Sonnerie de mon portable. Numéro inconnu.

— Docteur Saint-Bernard ?

Mon titre professionnel résonnant dans un appareil téléphonique me fait toujours penser à un glas.

— Commissariat du XVe arrondissement. J'ai ici un monsieur qui dit être un de vos patients. Antoine Rivière. Vous confirmez ?

Je confirme.

— Il a eu un accident ?

— Non, on l'a trouvé sur le pont Mirabeau. Une équipe vient de nous l'amener. C'est vous qui l'avez attaché ?

Bien sûr. C'est un nouveau traitement. Matérialiser l'attachement de l'angoissé à son angoisse. Par des cordes. Je ne prescris plus, je fais des nœuds.

Je suis au bord du lit. Charlotte est allongée. Elle dégrafe un à un les boutons de son chemisier. Le policier au bout de l'appareil est absolument imperméable à la beauté des images qui défilent.

— Vous êtes psychiatre ?

— Oui.

— Il est dangereux ?

C'est fait. Il faut avancer les mains entre les deux moitiés du tissu et les ouvrir.

— Vous êtes là ?

Non. Je ne suis pas là. Je cherche le corps de Charlotte, en ombres, en cachettes. Je trouve sa peau qui se trahit sur le côté des hanches. C'est doux, élastique.

— Il est dangereux ?

— Absolument pas.

— Vous voulez venir le récupérer ?

Le destin et les hommes n'ont pas le même humour. Je n'affirme pas que le destin en manque, je dis simplement que nous ne comprenons pas nos blagues mutuelles. L'hilarité partagée avec lui est exceptionnelle. Elle passe par l'aide du hasard. Deux rires qui se croisent par accident sur un numéro de loterie.

Je réponds à la question. La récupération de Monsieur Rivière ne me paraît pas pouvoir s'intégrer dans le programme de mes prochaines vingt-quatre heures.

— Bon. Alors on le transfère à l'IPPP.

L'IPPP, infirmerie psychiatrique de la Préfecture de police. Je connais. J'y ai pris des gardes. Le lieu est un cauchemar en forme de cube blanc. Avec des grilles et des uniformes. Les malades sont accueillis à leur entrée par une injection intramusculaire d'un neuroleptique d'action rapide. On les salue après. Il y a là tous les agités de la nuit, les schizophrènes décompensés, les maniaques en crise, les délirants menaçants, les ivrognes violents. Tous les indociles de la psychiatrie que les services hospitaliers dirigent dans ce grand jardin blanc avec des cages pour animaux humains.

On consulte crispé.

Les malades que vous examinez sont revenus à l'état sauvage carnivore. Ils vous regardent comme un steak.

Il faut une grande sérénité et une protection que des gardes du corps déguisés en infirmiers assurent à vos côtés. Le patient est livré menotté et drogué. L'enragé moyen résistant à des doses qui rendraient comateux un sanglier, le traitement est souvent insuffisant.

C'est une psychiatrie assez peu subtile mais qui laisse des souvenirs. J'ai connu trois étranglements à l'IPPP et un coup de fourchette à deux centimètres de mon œil gauche.

Le travail psychanalytique ne s'amorce pas là.

On demande essentiellement un diagnostic de dangerosité qui n'impose pas une compétence scientifique supérieure. Il suffit de se mettre dans la situation d'une rencontre nocturne solitaire avec le sujet, par exemple dans une arrière-cour déserte. Vous cochez ensuite la case « extrême » sur un imprimé et vous passez au patient suivant, mot préférable à « malade » parfois mal accepté par un esprit qui ne met pas suffisamment en perspective. L'esprit finit par vous faire peur à l'IPPP. Délié. Excessivement délié. Sans lien du tout. C'est là que l'on mesure les bienfaits de la civilisation. Quoi qu'on en dise. Les nostalgiques de l'homme sauvage n'ont pas pris de garde à l'IPPP. La nature y montre son vrai visage, naturel précisément, c'est-à-dire peu collectif.

C'est le dernier lieu où l'on rencontre des individus vivants à Paris. Des sevrés de nous. Des écorchés de peau sociale, assez dégoûtants à contempler. C'est un choc, l'individu. On le rencontre mort, tout nu, sur les paillasses des amphithéâtres de la faculté. Mais vivant, personne n'a l'habitude.

Je ne peux pas leur abandonner Monsieur Rivière.

J'embrasse Charlotte. J'ai assez de parfum d'elle pour la nuit. Pas assez. Le résumé de la situation retrouve son rire. Mes excuses aussi. La soirée la plus romantique de ma vie tourne en farce. Je crois que je vais accompagner mon malade au bord de la Seine et régler définitivement son problème de pont en le jetant par-dessus.

— Appelez-moi, demain, Antoine.

Dans la nuit parisienne en gibet, je roule sinistrement. Je croise des pendus qui balancent dans les rues. Des bourreaux marchent autour. Pour distribuer les coups de grâce. Mon humeur du soir a reçu le sien. Son fantôme trouble ma perception, en sombre.

Tout au fond de la nuit, une petite goutte d'aurore perle.

Je crois que j'aime une autre femme.

Chapitre XXVI

La laryngite du rossignol

— Alors, j'ai un peu raconté…

— Ça veut dire quoi « j'ai un peu raconté » ?

— Tu connais Luce, quand elle veut ouvrir la boîte à secrets ?

— Je te connais surtout toi quand tu peux pas fermer ta gueule.

— Je suis resté vague.

— Tu lui as parlé de quoi ?

— Je lui ai parlé de Charlotte, un peu.

— Tu peux développer « Charlotte un peu » ?

— Rien, son prénom, son physique, mais de loin.

— Tu lui as dit ce qu'elle faisait ?

— À peine.

— Tu me désespères, Félix.

— J'ai seulement dit qu'elle travaillait à la Sorbonne.

— T'as dit qu'elle était professeur ?

— Non.

— Non ?

— Assistante, mais sans donner le siècle.

— T'avais oublié ?

— Tu t'inquiètes trop.

Donc. Lucienne est au courant. Rose Melville sait tout. Et Élisabeth a eu deux coups de fil, ce matin. Deux coups d'épée.

C'est au Vᵉ siècle que l'Empire romain s'est effondré sous la poussée des Barbares. Le rapport avec ma situation ne vient pas immédiatement à l'esprit. Pourtant, il y en a un. Le chef des Vandales devait ressembler à Félix. Je sais que c'est par amitié qu'il saccage ma vie. Sa tendresse pour moi s'exprime sous la forme de baisers de la mort, d'accolades empoisonnées. Mais rien ne l'arrête. L'amitié entre ses mains est une arme de dévastation. Je préfère sortir du restaurant avant de redevenir un individu.

Il m'accompagne dans la rue.

— T'en es où avec Charlotte ?

— Tu sais, Félix, quand je te fais une confidence, j'ai l'impression de passer à la radio.

— Il y a une chose que je ne t'ai pas dite. Élisabeth a parlé à Luce. C'est fini avec Siméon.

Voilà. J'ai quarante-huit ans. Un âge difficile. L'adolescence de la vieillesse. Avec des vieux parents ou des parents morts. Avec des hormones qui baissent et des ambitions qui montent. Mon ambition ? Ne faire de mal à personne. C'est tout ce que je souhaite dans la vie. Mon but intime. Rester égoïste en destruction.

— Ça te dirait un aller-retour à Venise ce weekend ? On emmène Charlotte et Violetta. Philippe a un vol. On voyage avec l'équipage.

— T'en as pas assez des allers-retours à Venise ?

— Laisse-moi réfléchir. Non, pas du tout.

— C'est quoi Violetta pour toi ? Une hôtesse ?

— Tu vois, la différence entre nous deux, c'est que moi je ne me pose pas la question.

— Ce qui veut dire ?

— Ce qui veut dire que tu tournes autour de Charlotte depuis deux mois. À toujours te demander : Je dois, je dois pas… Moi, je vis avec Violetta. À moitié, c'est vrai. Mais au moins, à moitié. Tu vis avec des hologrammes, Antoine. Tu peux donner des leçons d'existence. T'as peur de tout. T'as peur des femmes. T'as peur d'aimer Charlotte. T'as peur de ne plus aimer Élisabeth. T'as peur de faire ta licence tout seul. Tu m'as emmené à la Sorbonne parce que tu pensais que j'étais incapable de passer un examen. Tu sais pourquoi t'as choisi médecine ? Pour courir contre des malades. Parce que tu as besoin que les autres partent avec un handicap.

— Je te quitte.

Il me retient par le bras.

— Je vais t'expliquer pourquoi j'ouvre ma gueule. Parce que j'ai besoin de dialogue. Toi, t'as besoin d'échos. Ça te suffit tes petits monologues de psy frustré.

— « Tes petits monologues de psy frustré »… Pourquoi tu me parles comme ça ?

Il s'adoucit.

— Je suis à cran, excuse-moi. Je suis tout seul au restaurant depuis quatre jours.

— Et Lucienne ?

— Sur la Côte, avec les filles. Arrête de l'appeler Lucienne.

Félix revient sur Venise.

— Accompagne-moi.

— Je vais réfléchir.

Le pilote est là, à côté. Je le vois au bout du bar, à travers la vitre, au milieu des verres. Éméché. Il mime l'atterrissage d'un avion de ligne, les bras écartés. Il a une barbe de trois jours et les cheveux en remous. Félix m'a révélé qu'il perdait parfois connaissance.

— Tu sais, j'ai repensé à ses crises. À mon avis, il est épileptique ton aviateur.

— Peut-être, mais il n'y a que deux heures de vol pour Venise.

— T'es relativement serein finalement.

— Relativement.

Philippe nous a aperçus et nous fait des signes. Du bras droit. L'autre aile est brisée le long de son corps, avec une bouteille au bout. Je l'imagine très bien aux commandes du Boeing, ratant la piste, au réveil de son absence, pour un atterrissage forcé sur le Grand Canal.

— Je vais y réfléchir.

— Je suis désolé pour tout à l'heure. Qu'est-ce qu'elle a ta voix ?

— Laryngite.

Crise de choix. Symptômes : tête lourde, nausées, douleurs abdominales. Je vais jaunir. Devenir comme un citron. On se retournera sur moi dans la rue. On fera le diagnostic. Félix a raison. En tout. Avec une nuance. Si je ne peux pas choisir entre Charlotte et

Élisabeth, ce n'est pas par peur, c'est tout simplement que je ne peux pas les départager. Ensemble, au millimètre près sur ma ligne de vie. La rupture avec Siméon ne change rien. Il peut quitter la scène la tête basse, dans sa grande robe de Créon qui sonne, je me suis déjà séparé de lui, je l'oublierai avant Élisabeth.

Le portrait de moi-même, je l'ai sous les yeux. Signé par Félix. Il est assez ressemblant. L'idée générale est que je suis doté d'autant de caractère qu'un poisson rouge et que j'ai besoin de protection en temps de paix. Cela fait de moi une recrue de valeur moyenne en cas de conflit armé.

Je me suis entouré de malades par vocation de dépendance. J'ai choisi une spécialité à faible rendement thérapeutique. Pour les garder auprès de moi, en compagnons de solitude. La maladie nous réunit, la guérison nous sépare. Guérir pour un médecin comme moi, c'est échouer.

Voilà. Je me suis rencontré. J'ai besoin de Charlotte pour me quitter.

Pour être juste, je ne suis pas secondé par le hasard. Je pense même qu'il a développé contre moi une antipathie réelle. Il pourrait sans effort excessif précipiter un peu les choses. Ne pas me laisser diriger mon existence tout seul. M'aider avec du petit. Un petit accident qui nous réunirait aux urgences, Charlotte et moi, sur deux brancards côte à côte.

Une panne du générateur de l'hôpital nous plongerait dans l'obscurité d'une salle silencieuse, avec des blessés en coma profond qui respireraient doucement.

Une perfusion posée par erreur par un anesthésiste distillerait dans mes veines un produit d'action longue qui endormirait mes angoisses, mes culpabilités, mes doutes. Un petit tremblement d'hôpital ferait pencher le lit de Charlotte vers le mien, ferait glisser Charlotte entre mes bras, puis cesserait pour me laisser agir.

Je n'ai plus de voix. Il faut que j'appelle vite sur le demi-filet qu'il me reste. Dans un quart d'heure, je suis aphone.

— Antoine Saint-Bernard.

— Bonjour, Antoine.

— Je voudrais vous voir très vite, Charlotte.

— J'ai ma fille ce soir.

— Alors tard ?

— D'accord. Où ?

— Il faut que je réfléchisse.

— Ne réfléchissez pas trop.

— Charlotte, je voulais vous dire…

— Qu'est-ce qu'elle a votre voix ?

— Laryngite. Je voulais vous dire avant qu'il ne soit trop tard…

— Trop tard pour quoi ?

— Pour ma voix. Je voudrais que vous l'entendiez bien. Je vous aime, Charlotte. Ça sonne un peu stupidement. J'aurais voulu le dire autrement. Mais le temps presse. Dans dix minutes, vous ne comprendrez plus qu'un mot sur deux, et vous me demanderez de répéter, ce qui gâchera tout.

— Répétez-le-moi, Antoine.

Je ne l'ai pas prévenu. J'ai besoin de le voir. Il n'a pas de secrétaire. Il vient m'ouvrir. Il a ce sourire d'accueil que je suis incapable de trouver lorsque je ne suis pas préparé à une rencontre. J'ai un réflexe de recul, Camille a un réflexe de partage.

— Je suis en rendez-vous. J'abrège et je suis à toi.

Salle d'attente parmi les ambres. Pas de magazines. Les pierres à lire. Et à toucher. Elles sont couchées sur des socles, à portée de main. On caresse leur dos. C'est soyeux. Comme de la peau.

— Je suis heureux de te voir.

Je suis entré doucement dans son bureau. Dans l'odeur des bougies allumées derrière lui, une à chaque extrémité de la bibliothèque. Ça sent le vieux livre aussi. Il me propose une cigarette. Il vient s'asseoir à côté de moi devant son fauteuil vide. Il m'écoute.

Je dresse mon inventaire le plus directement possible, sans tourner autour des phrases. Je veux savoir pourquoi je ne vais pas bien. Je parle peu de mon brouillard sentimental. Je parle de moi. De mes difficultés à prendre place. Dans ma vie, dans mon âge. De ce mélange de mouvement intérieur, d'ébullition intime et d'immobilité d'existence. D'énergie emprisonnée qui ne se convertit pas en énergie utile, qui se dissipe en chaleur.

— J'ai rencontré quelqu'un.

Je lui parle de Charlotte puis d'Élisabeth. Je dis la même chose. Il m'écoute avec attention. Il me force à l'attention, sur mon discours. Sur les mots que je traite avec plus de vigilance dans son écoute. En réalité Élisabeth et Charlotte forment un seul accord que je développe, que je joue en arpège. Camille le sait. En musicien d'âme. Il ne me conseille rien. Si. De prier.

— C'est un peu tard pour une carrière de moine.

— J'ai un traitement pour toi.

Il me tend une petite boîte. Je l'ouvre. Une patte de lapin accrochée à un porte-clés.

— Je croyais que tu allais m'offrir une bible.

— C'est la même chose.

Je glisse la patte de lapin dans ma poche.

— Ils ont bien fait de te radier.

Il acquiesce en souriant. Il me propose une nouvelle cigarette. Je la laisse se consumer toute seule pour prolonger le temps à ses côtés. Avant de nous séparer, il me dit :

— On n'a peur que de la mort, Antoine, de rien d'autre. Tu peux l'habiller comme tu veux, de névrose, de mélancolie, de préoccupations d'âme. Ce sont des variations sur le même thème. Ta crise de la cinquantaine, c'est une crise de proximité. C'est tout.

J'ai quitté Camille, en traînant. Il m'a gardé auprès de lui autant qu'il le fallait.

En passant par sa salle d'attente, j'ai croisé des malades qui ne s'impatientaient pas. C'était paisible, retiré. J'ai eu le sentiment que l'on y reposait.

Chapitre XXVII

La Sorbonne, l'hôpital, l'espace

Charlotte donne son cours à la Sorbonne en amphithéâtre, à 14 heures, comme chaque vendredi depuis un mois. Elle remplace le professeur titulaire, affecté à une recherche intime. Je retrouve Félix rue Saint-Jacques. Je ne peux plus parler. Tout le monde est là. Violetta, Luchino et Alice qui vient nous rejoindre en trottant.

Nous traversons la cour d'honneur.

Ma toux rauque a établi une distance de sécurité autour de moi. Alice ne la franchit pas, entreprenante mais dans les limites d'un état de santé non contagieux. Je me repose sur mes cordes vocales nouées qui m'isolent sans m'exclure.

Violetta a passé son bras autour de la taille de Félix. C'est calme.

Les statues de Pasteur et de Victor Hugo nous contemplent, sans intérêt excessif. Pasteur surtout, l'œil froid, un peu dédaigneux, sur moi. Il me reproche de ne pas avoir tenu les promesses scientifiques que je lui avais faites au début de mes études. Je le sais. Je me suis longtemps dit qu'il n'était pas trop tard pour une découverte de taille, mais le temps passe. Un vaccin contre l'angoisse par exemple. Obligatoire, entre la polio et le tétanos, avec des rappels tous les dix ans. Un sérum contre la dépression dans le secret de laquelle un virus pourrait bien se cacher. Un virus lent qui déshibernerait au soleil de l'anxiété pour se réveiller, en accès, comme un herpès et que je traiterais par injection intraveineuse directe, à la première larme.

Sous l'œil arrogant de Pasteur, j'admets que mes chances d'être un jour statufié dans la cour d'honneur de la Sorbonne sont voisines de zéro, mais ma théorie infectieuse de la dépression me réhabilitera peut-être outre-tombe.

J'écoute Charlotte. Je n'écris pas. Félix non plus. Violetta note chacune de ses phrases pour ses fiches partageuses. Il se contente de caresser sa nuque, en signe de participation.

Charlotte rédige l'Édit de Nantes. En limpide. Toutes les promesses de tolérance sont tenues dans sa voix. Elle s'engage pour la fin des guerres, la concorde entre tous les hommes, des terres d'accueil pour les exilés, des refuges pour les menacés. Elle ne cherchera pas à se venger des anciens coupables. Elle n'entretiendra pas la haine dans notre royaume. Elle fera la paix.

Les guerres de religion se couchent aux pieds de Charlotte en cerbères dociles et amoureux. Je la regarde comme si je la touchais. Un regard charnel qui épaissit les images, qui les enveloppe de peau à caresser, à sentir.

Félix heurte brusquement mon épaule.

— Regarde.

Élisabeth.

Il a les yeux fixés sur moi, avec cet air d'étonnement niais dont il a le secret, en attente d'une autre expression à choisir selon la mienne.

Elle m'a vu. Elle a la tenue presque exacte de notre première rencontre. Une robe rouge en soie. Sa robe de printemps. Elle s'est maquillée. Ses cheveux détachés touchent ses épaules. Elle a la beauté qui m'a toujours été destinée. En message que je reçois en la regardant, comme une preuve renouvelée de la nécessité de notre couple.

Elle descend quelques marches et va s'asseoir seule au bord de l'allée.

— Vas-y.

— Non.

Je trace une ligne entre nous trois. Elle passe par Élisabeth, dévie vers moi et rejoint Charlotte. Elle ne correspond à aucune figure précise. Une ligne brisée par nos trois points, ouverte.

Élisabeth n'est pas là pour moi. Elle vient pour Charlotte, pour prendre sa mesure. Elle me tient à distance. Son regard est fixé sur elle, avec la même concentration que pour un texte à déchiffrer. Elle cherche les accords qui nous relient. Elle trouve. Élisabeth a les clés, le code que j'applique à la séduction d'une femme pour la comprendre et pour la recevoir. Elle connaît la langue intime que je parle. Elle écoute

Charlotte. Je regarde la ligne de son cou, longue. J'ai la mémoire de son corps. Présente. Sans lacune, sans approximation. Je le récite. Je prolonge la ligne sous sa robe. Je le construis en calligrammes, avec des reliefs, des courbes et des rimes.

— Vas-y. Elle a quand même fait deux cents bornes.

Le cours se termine.

Élisabeth se lève avant les autres. Elle quitte l'amphithéâtre. Au passage, elle me sourit, légèrement.

Félix s'inquiète. Il veut l'accompagner vers la sortie, mais Élisabeth l'arrête d'un signe de main amical. Il souffle vers elle un baiser de ses doigts. Elle franchit la porte.

— Pourquoi tu la laisses partir ?

— Parce que je passe la nuit avec Charlotte.

Fin du cours.

J'ai appelé Marie-France pour décommander ma consultation.

Motif : panne de mots. Je l'ai sentie réjouie. Elle adressait en filigrane toutes ses amitiés à mon infection de gorge. Elle avait sa voix satisfaite d'être humain en bonne santé qui s'épanouit au contact des maladies de son prochain.

J'ai suivi Félix jusqu'à une agence, du côté de la Nation. Il était soucieux. Lucienne avait demandé qu'il la rejoigne et lui avait pris un billet d'avion pour Nice. À peu près à la même heure que son vol pour Venise. Il avait la réservation dans sa main. Il la pliait par petits bouts, de plus en plus petits à mesure que l'on avançait. Un confetti de réservation tenu entre deux ongles qui malgré tout réservait toujours un Paris-Nice pour le lendemain.

— Je vais la rendre.

Il me demande mon programme pour la soirée. J'ai le silence douloureux. L'infection de mon larynx s'est étendue. On se sépare à l'entrée d'une pharmacie sur le faubourg.

— Tu vas pas avoir de problème pour ce soir ?

— Si. De lieu.

C'est la seule question qui occupe mon esprit. Pratique. Le lieu. Choix difficile. Trop de présence, chez moi. Trop peu à l'hôtel. Je ne veux pas que Félix participe.

En sortant de la pharmacie, je longe l'hôpital Saint-Antoine.

L'hôpital.

Je franchis le porche. Service d'orthopédie au fond. Je traverse le jardin avec ses pelouses avares. Je croise les malades sur les bancs, les pieds à perfusion à leur côté, en tuteurs, plantés dans la terre. Je passe le phare rouge des urgences. Les blouses calmes. Il est tôt. Le jour barre encore la route des ambulances du soir. Elles attendent, vers l'ouest, avec les malades troubles, les compagnons de la nuit, qui viennent à la rencontre des gardiens de l'hôpital, dans l'ombre, déguisés en cauchemars.

Bureau d'Alain. Je patiente en attendant sa sortie du bloc. Il y a un carton par terre, rempli d'os. Des articulations, des hanches, des genoux, des épaules, qu'il utilise pour ses cours. La fenêtre ouvre sur les grandes cheminées de l'hôpital. Il faut se pencher pour attraper le carré de ciel et sa lumière brumeuse qui s'éteint aux néons des allées. Les murs sont vides, autour d'une photo encadrée du Mont-Saint-Michel. C'est propre, bien rangé et aussi sinistre qu'une chambre de malade en désinfection.

— Il est déprimant ton bureau.

Alain s'installe dans son fauteuil, les mains encore talquées par les gants du bloc, le torse à peine recouvert de la veste bleue à manches courtes. Alain n'a pas froid. Jamais. Il traverse les pôles des blocs opératoires sans équipement. Je me couvre à son contact. On devrait faire passer un test thermique aux futurs chirurgiens pour s'assurer de leur vocation. Celui qui ne résiste pas à la première glaciation du bloc opératoire devrait être réorienté.

J'ai toujours tremblé dans les sous-sols de l'hôpital. De froid. De peur aussi. Les blocs sont en profondeur le plus souvent. Loin du soleil. Avec les morgues. Pour limiter la croissance des germes et des humeurs qui s'échauffent d'étage en étage, qui s'altèrent. À Saint-Antoine, on monte par la gériatrie jusqu'à la cancérologie. La tristesse gonfle à la chaleur et prolifère. On doit la trouver plus forte, plus haut, vers les toits de l'hôpital, plus nombreuse vers le ciel.

Alain n'est gêné par rien, ni par la profondeur ni par le climat. Un homme bien fait, capable d'affronter les éléments naturels contraires. C'est dans les contraires qu'il s'épanouit, aux urgences où il aime naviguer. Le calme l'inquiète.

— Tu peux me prêter ta chambre, cette nuit ?

— Oui. Je suis de garde, mais j'irai chez les internes.

Qualité d'Alain : le réflexe du oui, qui court-circuite le débat cérébral, qui reste dans la moelle épinière comme un réflexe tendineux. Le oui du système nerveux archaïque. Reptilien. Le beau oui que les grands lézards devaient s'échanger, il y a 65 millions d'années.

— Je te préviens, c'est assez fruste. Il faut que t'apportes le romantisme.

— J'apporte.

J'attends Charlotte. J'ai retiré le Mont-Saint-Michel de la chambre. Un deuxième. C'est la marque d'Alain, le Mont-Saint-Michel, un symbole à mon avis. D'ensablement hospitalier.

Élisabeth a repris le train. Elle a laissé un message à la maison. L'horaire de départ et d'arrivée sur notre lit. J'ai téléphoné aux enfants qui m'ont demandé de les rappeler plus tard. Et plus tard, un peu plus tard.

Je suis retourné à Saint-Antoine avec des heures de train et des plus tard. Alain a été appelé au bloc, je suis resté dans sa chambre, seul.

À mon avis, l'architecte s'est inspiré des cellules de nos centrales en les transposant telles quelles dans l'espace hospitalier. Pour rire.

Deux mètres sur trois. Des murs beiges, écaillés, une table en fer, une chaise en fer, un lit double sans autre qualité.

Je tamise les lumières, l'œil blanc d'un réverbère verse sa lumière froide à travers les rideaux sales. J'ai cueilli dans le jardin de l'hôpital quelques fleurs usées qui aggravent le désespoir de la pièce.

Il y a longtemps que je sais que les lieux ont des humeurs.

Les chambres gémissent, les murs sanglotent. Assis au bord du lit, je me dis qu'il y avait peut-être des choix plus judicieux que celui de l'hôpital. Je ne sais plus. Je jette les fleurs qui pleurent leurs pétales et je sors.

Évasion réussie.

C'est une épreuve pour un grand amour, une chambre de l'Assistance publique. Si vous la passez avec succès, vous avez trouvé l'âme sœur.

Je ne reste pas longtemps dans les jardins obscurs. Je tourne autour des urgences. Autour de la lumière. Alain m'aperçoit, il me fait signe.

— J'opère une fracture du col. Viens m'aider en attendant.

J'entre dans les salles de chirurgie en poussant des portes battantes. Vestiaire. J'ai le temps de réfléchir aux préliminaires chirurgicaux. Il faut se déshabiller avant d'opérer. Pour aller rejoindre un presque semblable, allongé, sur un lit, nu le plus souvent. Sans être obsessionnellement sexualisant, l'acte opératoire n'est pas transparent. Chirurgie charnelle.

C'est une femme. Âgée. Une chute dans un escalier. La fracture s'est ouverte. Un biseau de fémur a transpercé la peau et saille à angle droit, comme un clou blanc.

— Ça va ?

Je ne sais pas. Je regarde la pendule du bloc. 10 heures. Charlotte arrive dans une heure.

Charlotte, la pendule, le fémur. Il faut que j'harmonise. C'est difficile. Mon regard passe sur les objets. Les instruments, le négatoscope, la pancarte. Je lis le nom de la malade, son âge. Je m'intéresse.

Alain est plongé dans sa soupe rouge qu'un externe, plutôt verdâtre, aspire au milieu des champs. C'est laid, brutal, bruyant. Je tiens un écarteur. Les gestes d'Alain sont précis, rapides. La hanche se reconstitue entre ses mains, il la tourne en modeleur. J'aide à poser la prothèse. Je touche l'os, glissant et chaud. Les chairs autour recouvrent ma main en gant. Il y a beaucoup de sang. J'escorte le passage du temps sur la pendule. Je garde le champ opératoire ouvert avec deux écarteurs qui creusent mes paumes. Je ne dois pas bouger. La douleur est forte. Mais je résiste. Je sympathise. La douleur est simple, claire, sans question.

Trente minutes avant l'arrivée de Charlotte.

On bipe Alain aux urgences. Il accélère.

La peau est fermée. Je l'accompagne à travers les salles. Il faut passer par la médecine et sa foule des moribonds de la nuit. Ils attendent avec la même patience douloureuse, avec le même air battu, sur des brancards, sur des chaises. Ça sent la sueur et l'éther.

On appelle des noms. Je cherche les médecins. Ils sont deux au bout du couloir, des réanimateurs, au chevet d'une jeune fille qui essaie de respirer. Sa peau a pris une coloration bleutée qui fonce à mesure que nous approchons. C'est sa gorge qui respire. Les muscles de son thorax et de son ventre ne soulèvent plus ses poumons, lourds, résistants, verrouillés d'asthme. Elle tire avec son cou des petites gorgées d'air qui s'échappent par les commissures de ses lèvres. Elle a les yeux grands ouverts. Sur l'air, autour d'elle, hostile, qui refuse ses bronches. Ils se posent sur moi. Ils m'arrêtent. Alain continue sa route. Les réanimateurs se préparent à l'intuber. On la pousse dans une salle. Moi aussi. Ses yeux ne me quittent plus du tout. J'essaie de mettre des mots dans les miens. Je n'ai pas l'habitude. Elle glisse doucement dans un coma sans oxygène. Son bras est glacé. Un des réanimateurs me demande de soutenir sa tête pendant qu'il passe le tube. Je la garde entre mes mains. Prudemment. Avec toute la délicatesse dont je suis capable. Elle ressemble de plus en plus à une morte. Mais elle se recolore doucement. Elle ressuscite au bout du respirateur. Elle ressuscite avec moi.

En sortant, je passe le long des boxes ouverts. Tous les malades des urgences viennent à ma rencontre. Je suis en civil, mais personne ne s'étonne, ni les familles ni les infirmières. Des mains me font signe.

Je dois être à ma place.

Je rejoins Alain vers les boxes de chirurgie. Il m'annonce que Charlotte est arrivée. Je ne réagis pas. Il me demande si tout va bien. J'acquiesce. Je reste devant lui sans bouger. Les aiguilles de la pendule du bloc se sont arrêtées.

— Tu as besoin de quelque chose ?

Oui. J'ai besoin de quelque chose.

— Une blouse.

Dans le long couloir blanc inhospitalier, j'essaie d'établir un pronostic sur ma vie future avec Charlotte. J'examine notre couple, selon les étapes rituelles. J'écoute les battements du cœur, je palpe, je percute, je regarde le teint, la bonne mine. Je rends un diagnostic prudent. Je prends des précautions. Je connais toutes les mauvaises surprises de la bonne santé apparente, tous ces fantômes qui hantent les corps vivants.

Je sais que je serai toujours incapable de choisir entre Charlotte et Élisabeth. Je me vois tenu entre leurs mains, au bout des fils qu'elles tendent, en équilibre dans l'air, flottant.

En cerf-volant.

C'est une longue explication que je prépare à travers le couloir de l'accueil, qui n'est pas en phase avec mes capacités d'élocution du jour.

Elle m'attend. À l'entrée, assise, très droite. Le visage maquillé. Une jupe longue, un chemisier de soie découvrant la naissance des épaules. Des tissus légers, en mouvement. Comme elle. Je la regarde avec mon émotion d'enfance, perlant au coin des yeux. J'ai la larme difficile pourtant, mais elle passe les écluses, de bas en haut, comme un saumon.

J'essaie d'attraper le courant ascendant d'un mot, mais ma laryngite veille. Tous les mots contre Charlotte, contre l'évidence de Charlotte s'éteignent dans l'espace de mes cordes vocales, vide et rouge. Toutes mes excuses aussi. Préventives. Pour les désenchantements.

Mais Charlotte ne tient pas à m'entendre. Il n'y a que moi qui finalement ai ce besoin de mots. Moi seul qui pense qu'ils sont la condition nécessaire à l'action. Préalable. Alors qu'ils sont l'inverse. La nourriture des cerveaux lents.

Charlotte dégrafe ma blouse et la jette sur le rebord de la chaise. Elle prend ma main et me tire vers la porte de sortie.

— Une amie m'a prêté son appartement. C'est juste en face.

On traverse les jardins de l'hôpital, à travers la voie du sinistre. On abandonne la chambre froide, le fond sonore des mourants, ces amitiés sombres dont j'aime m'entourer quand j'ai peur.

L'allée noire nous guide, dansante.

Au porche, la barrière se lève sans essayer de nous retenir. Je cherche ma respiration, manquante au grand air extrahospitalier, au grand air vivant de poussière et de fumée. Charlotte est riante, elle me tire en dehors de Saint-Antoine, en dehors de toutes les allées noires, les sillons intimes en coupures.

— Vous aviez quelque chose à me dire, Antoine ?

Mes douleurs de gorge ne m'autorisent que les voyelles longues et très peu de consonnes. Le seul mot qui ne m'irrite pas est « oui ».

Mais pour que toutes les douleurs cessent, ne rien dire est ce qu'il faut.

CHAPITRE XXVIII

Mon cœur ne se lasse pas

Je suis parti tôt. 6 heures. Vers l'est. Vers Verdun. Dans le brouillard. Il tombait en chutes grises sur Paris. Avec des bouts de nuit emportés. Il faisait froid.

Bien sûr.

Rien ne manque jamais au départ pour Verdun pour transformer le voyage en pèlerinage sinistre.

Il y a probablement quelques heures dans l'année qui désertent la grande armée des journées pourries que la guerre a pour l'éternité fait camper là-bas. Au printemps peut-être, quelques minutes de ciel bleu, des échappées de soleil, des mutineries de douceur. Moi, je n'en ai jamais croisé. Verdun m'a toujours réservé un accueil classique, martial et incroyablement dépressiogène.

J'ai quitté Charlotte à l'aube. Sans réveiller Clara, sa fille, qui ne m'a pas encore complètement intégré dans le décor de son existence.

Nous avons été présentés il y a trois mois. Notre rencontre se serait bien harmonisée avec l'ambiance de cette matinée. Fraîche.

Quand je suis entré dans sa chambre, Clara lançait des fléchettes sur une large cible, au centre de laquelle une photo faisait office de point rouge. Celle de son père, m'apprit plus tard Charlotte.

Il avait reçu de nombreuses blessures. Dans les yeux surtout, que la chère enfant visait avec précision puisqu'on pouvait observer qu'ils étaient crevés de manière assez homogène, avec encore un petit cil de papier sur la paupière droite qui ne résisterait pas longtemps.

À la froideur de son « Bonjour », je savais que ma photo allait prendre place, un jour ou l'autre, au centre de la cible.

Je n'améliorai pas mon sort en lui offrant un cadeau de rencontre qu'il ne faut jamais improviser avec une adolescente de quatorze ans trois quarts.

Elle regarda le petit sac rouge qui m'avait semblé charmant comme un gastéropode, sorte de mollusque auquel s'apparentent les limaces.

Je reçus son « Merci » comme un crachat.

J'évitai de lui demander si elle travaillait bien à l'école ou quels étaient ses projets d'avenir. Je la félicitai pour la décoration de sa chambre aux murs punis d'étranges posters de spectres noirs à l'œil méchant, qui formaient un groupe musical dont j'ignorais tout.

En reculant hors de son territoire, alors que les fléchettes pleuvaient sur le pauvre aveugle, elle me lança en phrase de bienvenue :

— Saint-Bernard, c'est un nom de chien ?

Oui.

Charlotte me rassura le lendemain en confirmant que je plaisais beaucoup à sa fille. Ce que l'avenir allait démontrer. Subtilement. Avec la découverte, dans notre lit, quelques semaines plus tard, d'une poupée à mon effigie, hérissée de clous.

Le soleil s'est un peu levé à l'approche des champs de bataille. Quelques minutes à peine, juste le temps de se rendre compte de son erreur. De gros cumulus noirs sont venus refermer la brèche. J'ai continué à rouler sous des trombes d'eau jusqu'à Reims.

À la sortie, j'ai coincé une cassette dans le lecteur de ma voiture, je n'ai pas eu de musique pour les quatre-vingts kilomètres restants.

Il a fallu regarder le paysage sans notes autour, avec les cimetières de croix blanches en orchestre ou en chœur.

On s'est massacré beaucoup par ici, à l'obus, à la balle, aux mains. Ça s'est mis en marche dans la terre, après la paix, pour continuer à faire la guerre aux corps, avec la vermine et les rats. Ils résistent toujours les poilus morts, en dessous, ils continuent à se défendre héroïquement. Au printemps, on voit des taches rouges dans les champs. C'est le sang qui repousse en coquelicots.

Je suis arrivé plein de charniers et d'entrailles pour retrouver ma femme et mes enfants. Avec des gémissements, des croix, des deuils en bouquet. Je suis arrivé avec autant de tristesse que d'amour, avec toutes les peines des batailles, les douilles de chagrin.

J'ai été accueilli.

Les enfants ont couru vers la voiture. Élisabeth est venue.

Élisabeth vient depuis trois mois. Sans paroles nouvelles entre nous. Elle m'a proposé de m'initier aux langues très anciennes. Je m'initie. Je forme des coins sur des tablettes en papier. Nous échangeons des messages, en hittite. En convalescents. C'est difficile, mais il me semble que nous regagnons un peu d'amplitude dans nos mouvements intérieurs. La raideur cède du terrain.

Madeleine a trouvé un nouveau compagnon. Pierre. Un Chinois. Enfin, un Alsacien d'origine chinoise par sa mère. Il est aussi beau que Janus. Plus peut-être. Avec une grâce de vieillesse, calme, respectueuse. Il marche à belles enjambées. Il a été consul de France en Asie. Il a l'allure d'un prince. Madeleine a tenu à me préciser en sa présence et à voix haute que « lui au moins, on ne le confondra jamais avec un Polonais ». Étrange séduction de Madeleine, si opaque pour moi, si transparente pour Pierre. Il la regarde au filtre de son affection pour le monde. Il la transpose. Avec cette grande tendresse qu'il a rapportée de je ne sais où, d'un voyage, à coup sûr très lointain.

Il passe son temps à la contempler, comme une belle d'avant guerre sur son petit jardin du bord de Meuse. Petit jardin qu'elle me demande de tondre dès qu'elle m'aperçoit et dont j'ai fini par haïr chacun des brins d'herbe.

Je vois Charlotte dès que je peux, c'est-à-dire souvent. J'ai réduit mon activité et, contre ma volonté, les heures de Marie-France, qui s'est cassé la clavicule en sortant de l'hôpital, renversée par une ambulance.

Je ne suis plus que des patients silencieux. J'ai abandonné mes phobiques, mes anxieux, mes mélancoliques. Je n'ai gardé que des douloureux paisibles. Monsieur Rivière m'a pardonné et, pour rester dans le train de mes consultations, m'a affirmé qu'il en était un, douloureux paisible.

J'ai acheté un bloc d'ambre pour mon bureau et des pattes de lapin à distribuer à ceux qui les méritent.

Félix a obtenu tous ses examens. Je dois repasser une matière en septembre. Les guerres de religion. L'écrit de juin s'est égaré dans les mains d'un correcteur dénué de tout sentiment. Charlotte n'a rien pu faire.

Félix m'a proposé son aide pour la Sorbonne et pour le reste, sa logistique de trahison, paisible elle aussi.

J'ai décliné.

Je vais de Charlotte à Élisabeth. Sans mentir à personne. Enfin, très peu. Thierry s'inquiète pour mon avenir et me conseille de réfléchir à une décision. Ce que je fais. Je réfléchis à mes décisions entre deux miroirs pour les multiplier à l'infini.

Je marche souvent à travers Paris. Sans but. Je vais loin.

J'attends que mon cœur se lasse.

Mon cœur ne se lasse pas.

Table

Du même auteur :

BLOUSE, roman, Grasset, 2004.

LA GRANDE GARDE, roman, Grasset, 2007.

Composition réalisée par FACOMPO (Lisieux)

Achevé d'imprimer en mars 2010, en France sur Presse Offset par
Maury-Imprimeur - 45330 Malesherbes
N° d'imprimeur : 154169
Dépôt légal 1re publication : avril 2010
LIBRAIRIE GÉNÉRALE FRANÇAISE - 31, rue de Fleurus - 75278 Paris Cedex 06

31/2768/5